原来一切在故乡

韩辉升——著

北方联合出版传媒（集团）股份有限公司
春风文艺出版社
·沈阳·

图书在版编目（CIP）数据

原来一切在故乡 / 韩辉升著 . — 沈阳：春风文艺
出版社，2021.9（2024.8 重印）
ISBN 978-7-5313-6031-5

Ⅰ . ①原… Ⅱ . ①韩… Ⅲ . ①诗集 — 中国 — 当代
Ⅳ . ① I227

中国版本图书馆 CIP 数据核字（2021）第 189339 号

北方联合出版传媒（集团）股份有限公司
春风文艺出版社出版发行
http://www.chunfengwenyi.com
沈阳市和平区十一纬路 25 号　邮编：110003
永清县晔盛亚胶印有限公司印刷

责任编辑：韩　喆　　　　　　　责任校对：陈　杰
装帧设计：杨光玉　　　　　　　幅面尺寸：145mm×210mm
字　　数：242 千字　　　　　　印　　张：12.5
版　　次：2021 年 9 月第 1 版　　印　　次：2024 年 8 月第 2 次
书　　号：ISBN 978-7-5313-6031-5
定　　价：88.00 元

写在前面

　　写诗，就是把想说的话以人们认可的所谓诗的语言、诗的形式说出来。当然，最好说得华丽些、婉约些、灵动些、含蓄些或者隐晦些。说得直白也无妨，只要深刻，只要独到，只要别人没说过或没这样说过。

　　看到什么说什么，想到什么说什么，悟到什么说什么，听到的也可以转述，别人说过的也可以换一种说法去说、换一个角度去说，梦到的也能说，想象的也能说……这样说那样说，说来说去说的都是人生，自己的、他人的，鸟兽山水、花草树木、日月星辰附着的也是人生。

　　我这样讲，绝不是推崇诗歌口语化，我写了一些"口语诗"，却不刻意追求。技艺是十分重要的。我自知技不如人，面对诗艺精湛者，读着现代超现代作品,只有羡慕绝无嫉妒恨。为人生而诗,是我的坚守。至于诗艺,那就活到老学到老吧,也许到头来依然是"金木水火我"。

这本集子所收作品,起于2018年3月止于2021年1月,共300余首,《民族文学》《鸭绿江》《辽宁作家》《海燕》《天津文学》《青年文摘》《琥珀诗报》《猛犸诗报》《辽西文学》《辽宁日报》《朝阳日报》等报刊发表了其中百余首。

从读者和诗家、诗评家的反映看,我这种"分行的话"还是比较受欢迎的。对了,把他人的评价抄录几段,聊以自慰。

著名书法家、文物学家、诗人李仲元曰:"韩诗简练精丽、启人深思。"著名作家刘嘉陵附议道:"老韩,仲元老师这是说你卓尔不群哪!他评价你的诗简练精丽、启人深思,说到位了,最好的评价。你要喝上一杯!"

著名作家、评论家高海涛讲:"辉升的诗,越来越有味道。"作家郑晓凯随即点赞。

诗人李皓说:"老韩,你是天生的诗人。"虽然他以快得不能再快的速度在其主编的《海燕》上发表了我的一组诗,我还是对他给我的"定性"半信半疑。

诗人、诗评家李犁说:"在韩辉升的诗歌中看到了诗歌的伦理在恢复""他以不变应万变的写作习惯,把诗歌从偏差的路上往回掰""这正说明他写作的姿态和态度的端正和严肃"。

一位诗友自谦地称我老师。他说:"韩老师的诗好,对人性的发掘淋漓尽致,对社会的描写幽默豁达。韩老师的诗歌,没有假唱,更没有无病呻吟。世事洞明皆学问,人情练达即文章,体现在韩老师作品的字里行间。读韩老师的诗,不仅仅是诗歌艺术的享受,还能学到做人的品德和做事的智慧。"

前面说过,这本集子所收作品起于 2018 年止于 2021 年 1 月。其实,在此期间,我所创作的作品超过 1500 首。2019 年春风文艺出版社出版的《我的远方》收录了一些,2020 年自印了一部《短诗 500 首》,尚有 600 多首正在整理完善之中。用高海涛老师的话说,辉升的诗歌创作进入了一个"爆发期"。

如今年已花甲。有人讲,六十岁是人生第二春,我不期望生命中再有春天,唯愿诗歌之春常在。

韩辉升

2021 年 6 月 1 日

目　录

生　活

生活
喊了一声

有人听到的是苦
有人听到的是辣
有人听到的是酸
有人听到的是甜
有人听到的是咸

生活
只是无意间喊了一声
并没有说出
自己到底是什么滋味

2018.4.10

腊月初九

这是我此生最为痛恨的
一个日子

腊月
初九

为什么会有这么一个日子

为什么会有这个日子呀
如果没有这个日子
我的妈妈
我那十天前还在微笑着
吃下一小块生日蛋糕的妈妈
怎会离去

2018.4.17

蚯 蚓

一条又一条蚯蚓
从路树的树坑里
爬出来

爬上马路

这里不是乡下呀
我的蚯蚓兄弟

红灯停
绿灯行
随意穿行可不行

可它们
已经爬到了马路中间

路树是从乡下移栽过来的
一条条蚯蚓
来自树根紧握的乡土

躲开飞驰而来的汽车呀
我的蚯蚓兄弟

城里可不比乡下
不能还那样随意

避让一下惊慌失措的蚯蚓哪
我的司机兄弟
它们这是头一次进城
不懂规矩

2018.4.19

保持沉默

路过那片林子的时候
我当然知道
是哪一只鸟喊我

路过那片草地的时候
我当然知道
是哪一头牛喊我

路过那片水域的时候
我当然知道
是哪一条鱼喊我

我正在路过这个世界
当然知道
另外的世界
也在喊我

天堂很远
停下来便是地狱

2018.4.20

虱子

昨夜
我梦见了虱子

一群虱子
沿着我的前胸
往我的头上爬
其中一只
还朝我的嘴巴
踹了一脚

每只虱子
端一个杯子
大口畅饮着
鲜红饮料

我有一个浑身刺痒的童年
我有一个夜夜把自己挠破的童年

2018.5.20

夏　夜

老月亮坐在山上
背有些驼

一只狐狸从他身边
悄悄走过
今夜是不是化作少女
是不是把那个即将考试的男生迷惑
她还没有想妥
当务之急是走下山去
找一个没有关好的鸡窝

蛐蛐不仅斗架
而且能唱一嗓子好歌
真像村子里
躁动不安的小伙

猫头鹰飞来了
蝙蝠飞来了
谁知他们白天的时候
在哪里藏着
谁知他们今夜如何分工
哪一个捕鼠

哪一个抓蛇

黑老鸹比夜还黑
村里人不会计较
他是否趁着夜色啄食苹果
只要他不嫌酸涩

青蛙在远方叫着
癞蛤蟆把一条条微信
发送给天鹅

今夜和昨夜
没什么两样
村子里，总会有门
为悄悄赶来或疲惫赶回的人留着

老月亮坐在山上
无论看见什么
都闭口不说

2018.6.28

杀 蚊

如果你悄无声息地叮我
叮也就叮了

反正
我也不缺那一点血

醒来的时候
痒也就痒了
挠一挠
就会过去

为什么非要吵醒我

也许你说的是对不起
可我
根本听不懂你的外语

2018.6.29

打 球

踢足球
一心想着
踢破别人的门

打篮球
一心想着抢来别人的
装进自己的筐

打乒乓球
一心想着
拍死对方

人类
就这样其乐无穷地
在地球上
玩着

打地球
该是怎样一种玩法

2018.7.17

这里的山上

这里的山上不仅有铁矿

铁矿用尽了
还有珍珠岩

这里的山上不仅有珍珠岩

珍珠岩用尽了
还有陶土

这里的山上不仅有陶土

陶土用尽了
还有松树

这里的山上不仅有松树

松树用尽了
还有树根

这里的山上不仅有树根

树根用尽了

还有祖坟

　（随葬品中

也许有金

也许有银）

2018.7.17

狂　想

我把大凌河扯起来
在空中挥舞
浇透十万亩土地
落下十万条鲫鱼

我把大黑山抱起来
放进书房
一千只狐狸向我媚笑
一千只小鹿翻我诗集

你看没看见七星北斗
那就是我厨房里的一把勺子
渴的时候用它在银河舀水
饿的时候用它抓来星星做米

2018.7.20

木 鱼

道士
在"三清"面前敲着引磬

他看到，有一条鱼
死了

道士说
我一不小心
杀生了

和尚
在佛祖面前敲木鱼

他觉得，有一条鱼
死了

和尚说
我处处小心
还是杀生了

2018.7.26

玉　米

每人穿一身绿军装
站成百列纵队
怀中
都揣着一把
或两把
红缨短枪

敌人在哪里
战斗什么时候打响

玉米们整装待命
一直等到红缨发黑
绿装变黄

既然敌人吓退
任务取消
那就把短枪从皮套中取出来吧
加工粉碎
作为口粮

2018.8.15

两条鱼

河边上
两条鱼
举杯对饮

甲敬乙
你从上游而来
一路泥沙相伴
实属不易

乙敬甲
你从支流而来
一路污浊相随
实属不易

甲敬乙
不知你抵御了多少诱饵
躲开了多少网具

乙敬甲
不知你如何辨识农药附体的鱼虫
如何穿越尾矿泄出的烂泥

甲问乙

三杯过后

是回到河里

还是留在陆地

乙问甲

三杯过后

是伪装成人

还是继续当鱼

2018.8.16

妹　妹

我六岁的时候
妹妹三岁

我懂得许多事情了
她只知托擎着小手
时时刻刻把我追随

我一直这样想着
我的年龄比她大出一倍

原来真的只差三岁呀
当我意识到自己已经老了的时候
妹妹也已青春不在

还是那个妹妹呀
还是那个没走几步就想让我来背的妹妹

不是那个妹妹了
这是替我背起爸爸
还说也想背一背大哥的妹妹

2018.8.30

姑　姑

姑姑站在那张几百人大照片的第二排
脸上挂满得意

记不准是哪一年了
姑姑把坐在第一排的人
隔些时候
用削笔刀割去一个
直到所剩无几

最终，她不得不把
那张不敢挂出去的照片
付之一炬

姑姑老了
她已记不起那次去北京
出席的什么会议

2018.8.30

妈妈在山上

春天
妈妈一个人在山上

到了吃晚饭的时候
爸爸说
我们先吃吧
种不完那片地
她不会回来

夏天
妈妈一个人在山上

到了吃晚饭的时候
爸爸说
我们先吃吧
耪不完那片地
她不会回来

冬天
妈妈一个人在山上

冰天雪地的
不知妈妈是不是换上了冬装

2018.9.7

翠竹图

有几株翠竹
长在墙上

我在那浓密的枝叶间
看到了一只小鸟
我在那小鸟的眼睛里
看到了一汪山泉
我在那汪山泉中
看到了一条小鱼

哦，小鱼的嘴巴上
衔着一条大江

2018.9.7

纸老虎

还是那只虎吗

比当年大了
比当年花纹多了
额头上的"王"字依然横竖都是歪的
口中的牙齿几乎颗颗都是豁的

还是那只虎哇
体内越来越空
花纹越来越乱
从来不照镜子
自描自画的"王"字怎能横平竖直
一直见啥咬啥
牙齿难免崩裂

如果把它戳破
你会看到一副张牙舞爪的骨架

2018.9.9

围场异志

每一次木兰秋狝
皇帝射中的
都是老虎

皇子皇孙射中的
有熊
有狼

射中梅花鹿的
一定是公主

群臣的箭往往射偏
无论瞄准的是虎
是熊
是狼
还是鹿
最终射中的
不是山狐
就是野兔

兵士们只做一件事
那就是
把大大小小的猎物
团团围住

2018.9.16

那只鸟飞到哪里去了

那只鸟
刚才还握着我窗前的树枝
啾啾地叫

转身工夫
忽然不见了

鸟儿不见了
啾啾的叫声
却比刚才更响亮

直到目光累弯
我也没把那只鸟找到

2018.9.20

中秋望月

这一夜，我两次临窗望月
一次在八月十五
另一次已经是八月十六了

两次望月之间
我做了三个梦

第一梦梦见小时候妈妈分发月饼
我只得到半块
妈妈对我说
只要好好学习
长大了，就有吃不完的月饼

第二梦梦见猴子在水中捞月亮
我告诉他们月亮不在水里
而在天上
猴子却说
天上有什么
水里就有什么

第三梦梦见儿子带着女友来了
这个梦被一阵敲门声惊醒

我朦胧中前去开门
却走向了窗口

哦，月儿正圆
东方泛红

2018.9.25

昨夜一梦

一只扁舟在夜空

是谁
在天上打鱼

天河水是那么平静
天河鱼是那么密集

鱼一样欢蹦乱跳的
还有几颗星星

是谁在天上打鱼呀

2018.9.25

扶 起

小时候
爸爸妈妈不止一次扶起
跌倒的你

如今，你长大了
迈着骄傲
离我而去

常常想见你跌倒的样子
想见中
情不自禁地伸出手去

儿子呀，也许我还能扶得动你
却难以把你和远方一并扶起

2018.9.25

一朵小花

草丛中
开着一朵花

比蝴蝶小
比蜜蜂大

蝶儿来了
蜂也来了

一个闻香而来
一个奔蜜而来

小小花呀
小小花

笑着自己浅浅的香
美着自己淡淡的甜

蜂知道
蝶知道
草丛中也有可爱的花

你知道
我知道
那颗花的种子
是在什么时候
撒下

草，挥着草的轻
花，开出花的雅

2018.9.26

天下匹夫

我每隔一段时间
就会把心爱的地球仪
精心地
擦拭一次

不知为什么
它是那么容易蒙尘

在擦拭的时候
我总会想到一句名言
那就是：天下兴亡，匹夫有责

我首先擦亮的
每一次都是中国

2018.9.28

复　活

仿佛就是昨天
我死了
但在我还没有死透时
隐隐听到
人们正在讨论的悼词
颠倒了许多是非

我不甘就这么稀里糊涂地走掉

我伸手抓住最后一口气
活了过来

我要把真相
重新演示一遍
让人们看清

2018.9.28

两棵树

两棵没了根的树
踉踉跄跄地
走到了一起

你的根呢

我的根企图再酿新芽
我把它掐断了

那么，你的根呢

我的根连着老树
我把它掐断了

两棵树互道一声知音
紧紧抱卧在一起

2018.9.29

美丽的小鸟

听到了悦耳的鸟鸣
却见不到那只小鸟

儿子说
他幻想中的那只小鸟
不仅有美妙的声音
还有艳丽的羽毛
无论以什么姿态行进
看上去都是舞蹈

世界上
没谁比她更好

我刚刚为这只即将飞临的鸟儿
搭好鸟巢
却再也听不到那悦耳的鸟叫
不管把耳朵抛出多远
举出多高

2018.10.15

窗 外

十月十六日下午四点
我盯着天空中那半个薄月亮仔细看
看着看着
那月亮变厚了
看着看着
那月亮变圆了

是我望穿了遮蔽它的地球
还是它穿越地球把自己挂在蓝天

我还看见了月中起舞的嫦娥
真担心她那薄如蝉翼的舞衣
抵不住秋寒

2018.10.16

一只小蚂蚱

一只小蚂蚱
蹦上供桌

你这小小小小的蚂蚱呀

为什么在这初冬
在我们为三年前离世的弟弟上坟时
蹦上了墓前的供桌

冷啦，饿啦？

或者
你就是弟弟

2018.10.20

这座山

这山哪
这山
这村后的山

那一年，我一个人
在这山上锄地
本想倚着土丘歇一会儿
却不知不觉睡着了

睡梦中
那颗大太阳
从天上掉了下来

被太阳砸醒后
我才意识到
自己倚靠的是一个坟头

我惊慌失措地扔下锄头
跑下山来

从那时起，一直跑到现在

2018.10.20

窗外就是大海

窗外就是大海

如果哪一条鱼
喜爱诗歌
不妨从窗口
跳进屋来

我会送上亲签诗集
还会捧出美酒招待

读诗醉了
我送它回到大海
喝酒醉了
可要当心
肥美之鱼
正是一道好菜

2018.10.21

孤 雁

雁阵飞过去了

雁阵看不见了

还有一只孤雁
在急急追赶

飞在它上面的是黑云
飞在它下面的是白鸽

这只孤雁
飞在黑白之间
天地之间

我告诉它
又有雁阵飞过来了
虽然远在天边
只要你飞得缓一些
就可以遇见

它不理会我的呼喊
看样子
也不会回头看看

2018.10.30

拯 救

我梦见
一个人把地球抓起来
抛进大海

刚好抛在鲸鱼背上
又被弹了回来

我沿着地球的内壁旋转几圈后
从爸爸当年挖的土井中
爬了出来

2018.10.30

坐　禅

闭目
合十
坐在这里

那炷香
为了通神
顺便驱蚊

还是为了驱蚊
无关通神

2018.10.30

白川州

走着走着
我们就来到了白川州

玉米苗
刚刚拱土
而那土
在辽代的时候
也许曾是城砖

有一个叫耶律安端的人
曾经站在城头
舞刀弄剑
不知土壤中那白色颗粒
是不是
他那尚未完全降解的遗骨

一座城变成一片沃野
需要持久而强劲的风
一个平庸的名字
在一千多年后被说成英雄
又需要怎样的想象

走着走着
我们就出了白川州
一步跨进
四家板村
一步千年哪
迎面走来我的父亲

2018.10.31

有一头老牛

有一头老牛
焦躁地寻找犁杖

从早春到初冬
一直焦躁地
闭着眼睛寻找

直到瑞雪飘飘
它才睁开眼睛
走回暖舍
心安理得地吃起牛草

2018.11.1

红高粱

总觉得自己就是一株红高粱
深沉，羞赧，无意间把秋风压颤
唯恐告别田野
又期待被收割

最钟情于太阳的莫过于我
钟情他圆的形状
红的颜色
不是因为他的暗示或者强迫
而是因为默契因为景仰
我让每一颗籽粒
都模仿他的形状
选择他的颜色

最热爱土地的莫过于我
把根须深深扎进她的怀中，一如婴孩
紧紧拥着母亲
吮吸她的乳汁长大
最终成为她的荣耀与快乐

因那些农人的汗水，我哭过
哭碎了许多夏夜

因一柄折断的锄杠
我扼腕，把感情的甜和惭愧的涩
凝成含而不露的性格

回首生命历程，因饱满而骄傲
因夹杂几颗瘪粒而自责
把梦铺成红色丘陵
隆隆秋阳中，听镰声霍霍

2018.11.2 二稿

东北抗联

那只白鸽被乌云吞噬

那片松林被狂风砍断

那条路走进血泊

那些人失去家园

那冰雪原来可以被怒火点燃

那犁铧原来可以锻成利剑

那黑永远不是他们的水

那白从来都是我们的山

那醒来的关东人个个都是好汉

2018.11.3 二稿

黄　海

想到北洋水师的战舰和邓世昌们就在这片海底
我不想把挡住我视线的小岛移开

我不想看到这样的海

这是曾经把自己的舰船吞没的海
这是曾经捧起敌舰臭脚的海

我要为黄海补钙

2018.11.6

是什么抬升着海面

航母吃水
海面抬升

潜艇入水
海面提升

水雷占位
海面提升

废物倾倒
海面提升

不知哪一天
陆地
会被这样提升着的大海淹没

而我们
并没有做好变成鱼的准备

2018.11.7

在你失意的时候

你从十八层高楼
纵身跳下

爸爸妈妈
伸出苍老的手
在千里之外的农田把你接住

把你
三十年前那样
轻轻放进摇篮

2018.11.11

流浪猫或其他

在我打开房门的瞬间
一只猫
抢先
蹿进了我的屋子

张牙舞爪
面对我

难道它的流浪
与我有关

不知这只猫什么时候盯上我的
不知赶走它
需要多少善良

2018.11.19

你对大河说

你对天空说
不要伤害我放生的小鸟

你对大地说
不要沤烂我撒下的种子

你对大山说
不要甩掉我的祖坟

你对大河说
就这样静静地向下流吧
千万不要上岸

2018.11.20

原来一切在故乡

你拿走的
是我的心
你掷还的
却是大大的泪囊

它不是泵血
而是把一滴又一滴泪水
从心那个地方
泵进
我的眼眶

曾经一心向远方
原来一切
在故乡

2018.11.23

丢了多少骨头

我真的不知道
自己的身上还有多少骨头

每说一次假话
应该丢一些
每承认一次莫须有的错误
应该丢一些
每次违心的鼓掌
虚意的奉迎
都应该丢一些
那一次同真理紧紧握手后
又向谬误抱拳赔罪
丢的骨头
应该更多

我真的不知道自己还剩下多少骨头
而这些失钙的骨头
还能不能
愿不愿
咬起牙来
把我支撑

2018.11.24

修 表

师傅，有许多时间
被卡在里面

请您把它们弄出来

我要带领它们
把岁月追赶

2018.11.26

想妈的时候

在母亲的遗物中
我只挑一件旧上衣留了下来

金戒指
金耳环
玉手镯
谁想要就要吧
值钱的东西
都留不住

每当想妈的时候
就让妻子
换上妈妈的衣服

2018.11.27

关于谷子

假如你种谷子
你一定要早早扎出一些草人

大红袄
大绿裤
最好握一杆青麻鞭
大眼睛
大嘴巴
看不见就当看见了
没声音也要大口呼喊

假如我是麻雀
一定会在谷子成熟前
在草人身上找一个漏洞做巢
孵出一窝子女来
欢欢乐乐地
等待秋天

2018.11.28

立 春

在北方，这是一个依然寒冷的日子
甚至冷过大寒

冻猪肉砍得菜刀卷刃
冻豆包让老鼠把牙齿啃断

我在乡路上遇到了名叫丰收的老汉
他说谁在冻土上落下第一镐
谁就能最早刨出春天

2018.11.29

少年时那棵杏树

白花开在阴面
红花开在阳面
白花那边落着麻雀
红花这边落着喜鹊
院子里
一树叽叽喳喳

青杏是谷雨的雨珠
白杏像夏至衣服上的纽扣
麻雀依旧叽叽
乌鸦代替了喜鹊
院子里
一树叽叽嘎嘎

白花结出的杏子黄了
红花结出的杏子红了
树冠中
蹿飞着麻雀喜鹊乌鸦
它们握着翅膀
把杏子上的浮尘轻轻擦下

它们的叫声变得一致
都是熟啦，熟啦

我爬上杏树
一边吃着杏子
一边把杏子摘下
扔给大家

扔得最远的那颗
五十年后
竟被自己接到
哦，酸酸甜甜的杏子呀
甜甜酸酸的老家

2018.11.30

入睡前

入睡前
我要想清楚
我的梦境允许谁以及允许什么进入

想我的爱我的敬我的怕我的以及不怎么在乎我的人
或曾经在世的这样的人
就不要来了
也包括他们喜欢
我也喜欢的
那些花草树木
大小动物
来了，我也会设法劝阻

除此之外都可以来的
该了断的了断
该阐明的阐明
想骂则骂
想怒则怒

天明时我多么懦弱
天黑时就多么勇武

在我入睡前

你要把来不来我的梦境

想得清清楚楚

2018.11.30

乡村十二月

一月很潇洒，轻轻地握了握去年的手
便踏着冰雪走进二月敞开的门里

一月二月天天睡懒觉
只要在春节那天早早醒来
给长辈磕磕头
顺便在鞭炮的碎屑中捡点祝福回来
便可无忧无虑

三月到了，必须考虑种子问题
假如去年没有备下
那你赶紧求求左邻右舍

有了种子你就快步走进四月吧
种瓜得瓜
种豆得豆
那么一大片土地敞开胸怀期待着你
你必须插下犁铧
挑开垄沟种点啥
不然的话，钻了空子得了便宜的野草
都会喊喊喳喳笑话你

五月是举着鲜花来的
你可以前半月做蜜蜂采花酿蜜
后半月当狗熊破箱夺蜜
这个月份每一天都是甜的
这种甜还可以久久延续
直到霜来燕去

六月的第一天便是儿童节
在孩子面前
必须提升素质
不管是真的还是装的
否则，否则七月流火明明是火星西移天气转凉之意
却可能变成七月如火
烤得你掉了脸皮

八月葵花向阳开
低头耷脑不可取
喜欢谁就朝着谁看围着谁转
管它黑夜黑白昼白
爱就爱它个淋漓尽致顾得了天顾不上地

九月离十月最近

性子急的庄稼九月份就成熟了
性子急的胎儿九个月就呱呱落地
不论九月多么空乏多么焦躁
进入十月份你必须庄重无比
在右心房升起国旗在左心房澎湃致礼
然后意气风发地走向田野
到那里收获必然
拾捡运气

十一月的粮仓
总会有老鼠惦记
你可以一边守护丰收一边挑出粮食中的霉粒瘪粒

十二月在瑞雪中雀跃
杀好年猪
备足年货
等待从城里赶回的儿子儿媳

2018.11.30

却不是那个少年了

还是那朵花呀
却不是那只蜜蜂了

还是那个中午哇
却不是那场微雨了

还是那个少女吗
却不是那个少年了

你那一声"我爱你"
我四十年后才听见

2018.12.1

凌河岸边

羊在岸上走
天鹅在河里游

岸上的草已经枯黄了
河里的水就要结冰了

羊对天鹅说
你一定穿好我送你的羽绒服

天鹅对羊说
你千万不能脱下我送你的白皮袄

2018.12.2

钓 鱼

我坐在岸上
钓鱼

当年的渔竿
当年的鱼钩
鱼饵，依然是从田野挖来的蚯蚓

鱼呢

钓不到当下河里当下的鱼
那我就钓当年河里
当年的鱼

鱼呢

谁能告诉我
怎样才能钓到未来河中未来的鱼

2018.12.3

地球仪

我站在这圆球之旁

从太平洋摸出一条鱼来
放进印度洋
将波斯湾的游轮导入上海港

在大西洋中捞起许多垃圾
却苦于无处堆放
恨不能把这些破烂儿直接塞进太阳的炉膛

我拿起放大镜在那个国度仔细寻找
却没有找到那尊世人皆知的自由女神像

悦耳的旋律
来自维也纳金色大厅吗
多瑙河之波也曾溅湿我入乡随俗的西装
转眼来到了悉尼歌剧院
是洋人还是华人
正把中国的京剧演唱

在埃及版面抚摸时必须倍加小心
不然会被金字塔划破手掌

看不见北冰洋冰盖之下
到底有多少潜艇隐藏
真想把贝加尔湖的水
捧到沙漠上

南极的坚冰
至今没有污染
真想掰下一小块
像儿时那样放进嘴里尝尝
不为别的
只为听一听那嘎嘣嘣的脆响

中国舰正在亚丁湾护航
其中一艘战舰的政委正是我的老乡
待他出征归来
一定问问他难民船海盗船怎么区分
是不是令他们大费周章

不知那位以我家乡凤凰山自命其名的黑人朋友
如今浪迹在东半球还是西半球
他说出的汉语是不是依旧怪调怪腔

我要找一找
除了辽吉黑和北美洲哪里还有盛产大豆的地方
我想，这种原本叫作菽的粮食
粒粒都愿返乡

总统们，请你们遇事好好商量
千万不要一言不合便剑拔弩张
我虽然看不到那么多导弹核武藏在哪里
但我深知
一旦它们被野蛮或愤怒启动
这圆球
不但会撕开许多漏洞
而且有可能被炸成碎屑
漫天飞扬

让我把"一带一路"标在这地球仪上

2018.12.4

那只小鹿

那只小鹿
一步一回头地走向森林深处

蹄迹上
一朵朵鲜美的蘑菇

采蘑菇的小白兔哇
你快停下跟进的脚步

哪是什么小鹿
分明是一条狼
披着梅花图案的衣服

2018.12.6

在辽西

你说你找到了唐朝

那你就在墓前守着吧
说不定
会有古人骑着唐三彩跑出

到时候
一定要连人带马擒住

2018.12.6

独　钓

钓鱼
钓冰
还是钓雪

雪化作水了
水结成冰了
鱼潜到深处了

千万别钓起往事来
千万别把自己那颗死掉的心
钓上来

2018.12.7

还是这只老鼠

一只老鼠
伸手抓一把我放在鼠洞前的鼠药
嚼了起来

我暗自庆幸
终于除了鼠害

第二天的同一时间
还是这只老鼠
又从洞中伸出手来

笑眯眯的眼睛里
满是期待

2018.12.7

其 实

其实今天这个晚上
我以前多次见过
无非是月亮亮了
太阳刚刚西落
树上落着比黑夜还黑的乌鸦
天上飞着比白天还白的白鸽

其实今天这个晚上
我以前多次见过
无非是你又一次爽约
我又一次在电话中赶紧承认是我把日期记错
流浪猫在公园里东奔西窜
老乞丐在亭子边若有所思地蹲着

2018.12.9

挂 钟

时间
从白色墙面
嘀嗒
嘀嗒地
滴
了
下
来

我坐在屋子里发呆

谁锁上了这间屋子

齐腰深的时间
能把什么泡烂

2018.12.11

北票万人坑

三万多具遗骸中
只有一位女性

年轻的解说员告诉我
她是前来寻夫的
绝望中
结束了自己的生命

三万多具遗骸中
只有一位女性

年长的凭吊者告诉我
她一定是来寻子的
绝望中
结束了自己的生命

2018.12.16

落 魄

那个叫诗歌的家伙
翻出几个小钱
买来一坛烧酒

炒一盘梦呓
拌一碟迷雾
有滋有味地
自斟自饮起来

终于把自己醉成一摊
扶不上墙的
烂泥

2018.12.17

四家板

四家板！我同朋友说了多次
他也没记住这个地名

但他记住了我的一个习惯
每次见面
都会同他说起老家
说起沉默的爸爸
说起疯狂的妈妈
说起院子里那株高大的杏树
说起树上那个摘杏子的少年
他还会诗人一样夸张地说
那个少年树枝上一荡
荡到了
六十里之外的朝阳

四家板！我同朋友说过多次
他也没记住这个地名

但他听懂了
爸爸的沉默
就像火山的沉默
妈妈的疯狂

正是护着鸡雏的母鸡
在老鹰扑过来时才有的那种短暂疯狂

四家板哪，我每两周回去一次
杏树没了
妈妈没了
爸爸依然沉默
他从不冲我喷发岩浆

2018.12.18

人生途中

他跌倒了
你把他扶起
就这样一路走来
一个跌倒
一个扶起

他当初的跌倒是真正的跌倒
后来的跌倒是出于故意
不是他离不开你
而是他不忍离你而去
扶起他几乎成了你生命的唯一主题
他也知道你因此欣慰因此得意

这是他悄悄告诉我的
不让我把真相转告给你

2018.12.19

神 龙

传说中的龙还在传说中传颂

蛇身
却无蛇性
齿舌无毒
血也不冷

鹿角
却不食草
山珍海味
有人供奉

它有脚
既能踏实走路
又能腾云入海
天地间任意驰骋

它能飞
却不是鸟
所谓的龙凤呈祥
虽有跨界之嫌
却美妙地诠释着爱情

它能游

却不是鱼

可谁知道

它是不是比鱼还容易上钩

它能布云兴雨

这本是它的职责

却做得马马虎虎

每一年都弄得旱涝不均

这边抗旱

那边防洪

传说中的龙就这样见首不见尾地

被传说传颂

2018.12.20

车前子

老家的人
叫它车轱辘菜

土路旁
一棵挨一棵铺生着这种野菜

老牛把车拉偏了
车轱辘碾轧一次这种菜
老马把车拉偏了
车轱辘碾轧一次这种菜

一次轧不死
十次也轧不死
越轧越多
越轧长得越快

小时候常吃这种菜
长大了才知道它还是一种药材

化痰止咳
清肝明目

与苣荬菜配伍之后

还能治疗乡愁

2018.12.20

那一夜格外黑

那棵大树是谁锯倒的
我说是被它身旁那棵小树锯倒的
你不会相信

但我确实看到
那棵小树吃力地从土地中拔出腿来
枝叶乱颤地跑到村里
拎回了一把大锯

那一夜格外黑
我没看清拉锯者还有谁

2018.12.21

喇嘛爷

我说的喇嘛爷
是爷爷的亲弟

他七岁的时候
被逼出家
五十岁的时候
被迫还俗

一群人，推倒了
他所在的庙宇

他说，早知道会有这么一天
我已把一砖一瓦
搬到了心里
他们推倒的
只是几间房子

喇嘛爷还俗后依然常常念经
我能听懂的只有一句
那就是
佛祖保佑
下场透雨

2018.12.21

跟着谁

我跟着一个人
在夜路上走

当他回过头
问我累不累的时候
我才看清
我紧紧跟定的那个人
正是自己

2018.12.21

残梦拼接

我是天鹅
我站在冰上
透过冰
看见水中一条鱼

我是多么想吃掉那条鱼呀

鱼儿还是游走了
我为放过了水中那个自己而翩翩起舞

纷飞大雪中盛开着一朵花
我端坐在花蕊上吮吸
当我准备衔蜜回巢的时候
在振翅的瞬间
变成了一只蚊子

这一夜
我是鱼我是天鹅
我是蚊子我是花朵
还有一只蜜蜂
从我梦中飞过

2018.12.21

衰老的村庄

这几年回乡
常常是因为奔丧

家族中的长辈
一个接一个
以骨灰的形式
埋在了山上

晚辈多数像我一样
把奔丧作为一次探亲
在丧宴上
说一说陈年旧事
会一会天南地北赶回的
亲友和老乡

这是一个只剩下老人的村庄
白事办得红事一样

2018.12.22

葡 萄

撑起我吧

我软弱得只能匍匐
我匍匐已久了每个关节都要生根

我将开不出我的花
结不出我的果了

撑起我吧

让我渴望光合的叶子看到太阳
让我渴望远方的枝蔓找到视角

撑起我吧

只有你才能展示我的高度
只有你才能证实我的缠绵
只有你才能把我的串串泪珠变成颗颗甜果

撑起我撑起我撑起我吧

撑起我
我便是你温柔的爱人了

2018.12.22 二稿

良 犬

这是我第十次目睹宰杀年猪
这场面确实残酷
我俩比邻而居不足一年
它就走上了黄泉之路

那猪
自从被买来一直关在圈里
顿顿残汤剩饭
野菜糠麸
尽管如此待遇
它却从不挑剔
竟长得臀肥腰粗
可它那哼哼唧唧的叫声
主人听上去绝不会舒服
它那又硬又秃的短尾
无论摇与不摇都显得美感不足
虽说世人常把猪狗并论
但我深深懂得
狗就是狗
猪就是猪

我每次摇尾都设法摇出花样
直到摇来可口的食物
每次吠叫

都懂得巧用功夫
该喜则喜
该怒必怒
最自得的是这双眼睛
该看低的从不高看
该看高的从不低估
我跑前
跑后
不离主人左右
我忽左
忽右
不离主人前后
无论在前在后
还是在左在右
我念念不忘的是
一直用肢体语言
感激主人的呵护

主人那句"猪狗不如"
在我听来
嗔的是我
骂的是猪

2018.12.23

一只乌龟

他儿子捉的我
他把我放生

第一次被捉的时候
我痛不欲生
毁了这一百年修行

第一次被放生的时候
我热泪涌动
真想拿出十年之寿
为他过命

这已是第六次被捉了
我听他们爷俩说
至少要七擒七纵
只有这样
才能积足德行

如果再被放生
回到河里后我一定设法自裁
不让他们这么捉弄

2018.12.24

狗　鞋

他为宠物狗
做了四只鞋子

穿上鞋子的狗
竟不肯像从前那样四脚落地走了

它甩掉前肢上的鞋子
像人一样
站了起来

2018.12.24

小蜜蜂

你说
那是花
我说
那是蜜

我把蜜
采回来了

你把花
揪下来了

我的日子
甜甜蜜蜜

你的日子
花花绿绿

2018.12.25

我的脚上钉着马掌

当年，我曾学过打铁

一次次
把火打进铁里
一次次
把铁里的水锻出

我终于打成两只马掌

师傅说你见过两只蹄子的马吗
你把这两只马掌
钉在自己的脚上吧
想走多远就走多远

2018.12.26

静

一株老树
张开木耳倾听

一对小鸟
坐在山泉旁梳理羽毛

那只蜜蜂是采蜜归来
还是追花而去

是谁正用泪水清洗眼睛

2018.12.26

一条鱼

我不知这里是哪里

我刚刚吐净嘴里的泥
我不知受伤的鳍
能不能自愈

裹挟我的家乡水已经没了踪迹

我多想回到小河呀
我不想淹死在这深不可测的水里

2018.12.28

麻雀（一）

麻雀无比自豪地
设计着自己的孩子

老大能成龙
老二准成凤
老三翅骨比较硬
把它练成鹰
老四最乖顺
就让它守在身边
依然做麻雀
也好把家业传承

麻雀就这样自豪地
欣赏着自己的孩子
多像当年我的母亲

2018.12.28

镜　子

我不会因为是你让我看到了自己的丑陋
抛弃你

你也不要因为接受了丑陋的我
而羞于见人

2018.12.28

冬虫夏草

冬是虫
夏是草

既是虫
也是草

是病
也是治病的药

2018.12.29 二稿

中元节

烧纸
焚香
跪在墓前

把逝去的先人们急急召来
将任务一一分摊
或去消灾
或去降福
或去解除大地的干旱
或去寻找失联的航班
或去为年老的父母增寿
或去为考场上的儿子提供正确答案

不顾他们生前能力大小
死后的神通是深是浅

也曾想过
找一位先人用神力助我升迁
想到了他们无一例外都是农民
只好打消此念

2018.12.28 二稿

追 尾

近年
追尾事件频发

汽车与汽车追尾
动车与动车追尾
死伤严重
惨不忍睹

前车突然慢了
后车追尾
前车突然坏了
后车追尾
前车突然停了
后车追尾
前车常速行进
后车也会追尾……

企业与企业
城市与城市
国家与国家星球与星球
是否也能追尾也要追尾

2011.7.24 一稿
2018.12.30 二稿

蟑　螂

一只蟑螂
从地板的缝隙
爬出来

被我打死了

又一只蟑螂
从地板的缝隙
爬出来

被我打死了

当我打死第九只蟑螂后
从地板的缝隙中爬出来的
是我的恐惧

2018.12.30

打 铁

就这样一遍遍
火炼
水淬

就这样一遍遍
你锤
我打

就这样
打出
一把好刀

就这样
摆在那里
慢慢生锈

2018.12.31

也许不只是到山上看看

一只羊
跟着一头牛上山

山脚下那么多嫩草
它们视而不见

那只羊
从未到山上去过
那头牛
昨天在山上被一条狼追杀

不知羊是怎么想的
不知牛是怎么想的

山脚下那片嫩草
它们视而不见

2019.1.12

野菜谣

苦，那是苦麻菜的苦
或者生吃
或者水焯
上一顿苦麻菜蘸酱
喝下一碗稀粥
下一顿苦麻菜面汤
配上几颗红薯
感谢它为我少年果腹

辣，那是小山蒜的辣
一块玉米饼
一把小山蒜
让我心满意足
替爸爸放羊的日子里
偷偷躲在山洼里读书
书包里
两本书正在打架
一个说我喜欢语文
一个说我喜欢数字
我懒得告诉他们
其实我最喜欢美术
我已经用彩色铅笔画出一百个未来

每一个都是首先从山里走出

酸，那是酸不溜的酸
当年的乳牙
其实不是被酸不溜酸掉的
而是因为
只有早早换下乳牙
才啃得动岁月艰辛
嚼得烂糠麸五谷

甜，那是甜蕨菜的甜
那时候甜蕨菜满山遍野
如今却成了稀罕之物
山珍海味一一品过
真正的甜滋味却在记忆深处

2019.1.15

过 年

我要告诉门神
千万不能拦下
回家过年的
爷爷奶奶

还有，妈妈回来时
一定要替我
小心搀扶

2019.1.19

绣 娘

必须悄悄抽出
藏在心底的颜色

眼前这几种彩线
无论如何
也绣不出那枝出墙的花朵

2019.1.21

农家院

一条狗蹲伏在门神脚下
它们三个护院守家

芦花鸡刚飞上杏树
又匆匆飞落，红着脸
把一枚初卵
产在旮旯

公猪跳不出高墙
只好在圈里抓狂
一会儿同自己的影子怄气
一会儿把一头又一头幻象
爬跨

老鼠从墙洞伸出小手
把那只肥猫的胡须
拔下

蜜蜂在刺玫花中低头采蜜
一只蝴蝶摇两把扇子为它送凉儿
十分优雅

不知尖椒说了句什么
番茄的脸蛋泛起红晕
显得羞羞答答

不知这是第几茬韭菜
是被割掉做菜
还是被留下
开花

两条蚯蚓身子勾连着
正因到底走向哪里
纠结吵架

有一只小燕子
在云朵上一脚踩空
恰巧落在葡萄架

不知葡萄架下乘凉的
到底是爷爷
还是比爷爷更老的爸爸

炊烟依然袅袅
我
却
看
不
到
妈妈

2019.1.23

我从小村走过

老榆树的脸上
敷着面膜

大柳树
慢条斯理地
捋着胡须

新修的文化墙
手里拄着拐杖身上背着村史

两只小狗掐架呢
据说
一只土生土长
一只来自城市

2019.1.25

掌心故乡

我双手捧着小村
来到这个陌生的城市
许久许久
也不知把它安置在哪里

当我不得不腾出手来的时候
我的小村哪
除了沾在掌心的微尘之外
连人带土都散落到了城市的各个角落

我的乡土哇
我的乡亲
你们还记得回家的路吗

2019.1.25

麦 子

一垄挨着一垄
一株挨着一株
甚至几株拧在一起
甚至一株蘖生出几株
就这样
肆无忌惮地生长

风来了
搂起她的纤纤细腰狂舞
雨来了
让她一口一口地为我喂水
鸟来了
让她围着我歌唱

就这样
不学谷子不学葵花
我一生都昂扬向上
就这样
把一条条阳光撅断
插在头上

我是最好的粮食
穗穗自带锋芒

2019.1.26

光芒万丈

我挥动扫帚
扫掉猫屎
狗粪
碎纸
沙砾
尘埃
车撒的人弃的
废物
秽物
以及各种各样肮脏

也想把那些龌龊之人
扫进垃圾堆
可他们
总能
设法躲藏

扫罢街道
我乘兴举起扫帚
把天上的乌云扫尽
把制造黑夜的残星扫落
然后

伸出双手

把一颗大太阳

捧到天上

我送大家一个好日子

光芒万丈

2019.1.29

情人节

我随着人流
走进花店
买了一束玫瑰

思来想去
不知送谁

那就送给入冬以来这第一场雪吧
让爱的花朵
与洁白依偎

也曾想捧回家去送给妻子
她也许会感动得流泪
但我相信
终有一天她会抱怨
——不如买些青菜实惠

2019.2.14

中国象棋

就这样
你驱车
我纵马
奋力征杀
有山阻隔时
操炮轰炸

不许退却
不容迂回的兵卒
只能在战位上殉职
前出中倒下

尽管战事紧张
左相右相
还是操持着
在每一块田里
种上庄稼

士子
左支着
左护驾
从不离开中军大帐
仗势欺人

到处搜刮

一旦你的将无处可逃
或者我的帅无望取胜
你我便握手言欢
或复盘推敲
或翻盘再下

就这样
文明推演
就这样
按套路博弈
不像某国那样
看谁不顺眼
就用导弹隔千山万水
远程打击
将其将领斩首
就车载兵卒横冲直撞
直捣心脏地带
将其并未举兵的统帅
生擒活拿
送上绞架

2019.2.16

早　市

天天都去早市
没想到
今天走错了地方

卖白菜的
竟是小兔
不见那个羞答答的姑娘
岂止斤斤计较
分明不想出手
讲定的价格
一涨再涨

老山羊
在胡萝卜摊前叫卖
问起价格
他拿起手机
捋着胡须说
还得跟老伴商量

卖鱼的
怎么是猫
谁敢说

不会缺斤短两

马来了
他想卖草

猪来了
他想卖糠

狼在那里卖虎肉呢
口口声声自称二郎

那条蛇说是卖蛋
谁知道蛇蛋
是否像鸡蛋那样
清是清
黄是黄

小毛驴叫卖豆腐呢
难道拉磨久了
那么笨的脑子也学会了用多少卤水
点化多少豆浆

那个卖桑葚的
不是松鼠吗
老爸再怎么糊涂
也不会让他把我的最爱送到市场

到底是走错了地方
还是仍在梦乡

门口那个乞丐还在
说是不讨零钱了
至少黄金二两

2019.2.17

烧烤店

有什么
烤什么
甚至包括草

把海网上来
烤
把山穿起来
烤

这是一条半生不熟的小街
烧烤店走出走进的人
看上去都有些火烧火燎

2019.2.17

我喝地瓜酒

我喝地瓜酒
你饮高粱烧

我醉在自己堆在墙脚的瓜秧瓜蔓儿里
你醉于麻雀为你留下的一坡半穗中

假如我啃生地瓜
你吃晋杂五号高粱饭
那就是四十多年以前
那就是我揭发你盗割五穗高粱
你举报我偷挖两窝地瓜的苦难当年

高粱不再涩了
地瓜依旧挺甜

2019.2.22

党 啊

当我快乐的时候
你离我
很远

当我痛苦的时候
你离我
最近

当我快乐的时候
总是忽略
这快乐是你给的

当我痛苦的时候
总是认为
解除我的痛苦
就是你的责任

2019.3.1

我手中只有几粒种子

站在旷野
我不知如何面对春天

那就让野草
一棵棵钻出来
一簇簇涌出来吧
我也无力阻退随之萌醒的害虫

圈住
围住
一小块土地
种下手中这几粒省下的粮食

然后
让自己变成羊
变成牛
变成任何一种素食动物
到旷野上
吃草

熬过这个夏天
拎一把别人丢弃的镰刀回来

到自己那一小块土地上
做人

2019.3.1

"人" 这个字

本应是立得直直的
一竖

却倾斜成
行将倒地的
一撇

赶紧用一捺
支撑起来

不然
便会跌成再也站不起来的
一横

2019.3.6

惊　蛰

蛇醒了
只是还没有爬出来

不知它依然盘着
还是
已经抻直了身子

不知
它此时最想念的
是鼠肉
鸟肉
还是人血

万物复苏
世界凶险

2019.3.6

春来了

春来了

已经度过了五十多个四季
我深深知道春天的短

不能以月计
不能以旬计
不能以周计
甚至不能以日计

我要一分钟一分钟地计划春天
我要一秒钟一秒钟地度过春天

我还要告诉种子
告诉花朵
告诉小苗
告诉儿子
让他们一分钟一分钟地享受春天
一秒钟一秒钟地珍惜春天

2019.3.15

春旱的时候

谁能给我水

我要浇透这个季节

清水
浊水
淡水
咸水

无论什么样的水

我恨不能把每一片飘过的云扯过来咬牙切齿地拧
恨不能把并不遥远的渤海端起来劈头盖脸地泼

我恨不得划开自己的血管

2019.3.25

淬 火

你不是很红了吗
你不是很热了吗

这么红
这么热
你终于炫了

这正是打击你的时候
同样是铁的锤子
要把你变薄

这正是扭曲你的时候
同样是铁的火钳
要让你变弯

就是这个时候
正是这个时候哇
果断地扎进冷水吧
不然
你将失去铁的本色
你将失去固有的坚强

2019.3.28

仙人掌

我百思不得其解
手，依然诚挚地伸着
却不像当初那样
有一双双热情的手
向我伸来

一百零一次思索后
终于明白
手上之刺
才是障碍

可是
可是
我手上的刺
正是与人相握后
才不知不觉多了起来

有谁记得我曾经的温厚
有谁知道我此时的期待

为了爱
或者被爱

2019.4.1

柳　笛

是谁
抽掉了你那正直的心
让你变得空虚

你唯一的愿望
便是被人捧吹
只有这样
你才感到一阵阵充实

在这虚假的真实里
你得意地唱了起来
一曲接着一曲

2019.4.1

狐狸说

我第一次去吃鸡
扮的是医生
它们信了
热情敞开大门

第二次去吃鸡
扮的是可怜的患者
它们也信了
出门为我把通往诊所的道路指引

这次前去吃鸡
干脆告诉大鸡小鸡
我是狡猾的狐狸
它们
一定不信

2019.4.2

角色互换

一只虎
把额头上的"王"字扯下
扔进草丛
顿觉无比轻松

一只猫
把草丛中捡到的"王"字
贴在额头
顿觉凛凛威风

虎与猫相遇在一条路上

猫说：知道我是谁吗
赶快让行

虎说：大王一路小心
猫奴在此恭送

2019.4.4

清 明

他们都选菊花百合
或者其他淡的
低情绪的颜色
总之
他们选的都是看上去不高兴
或者极其忧伤的花

我却选定了红玫瑰

我对那位售花者说
一定要数好
我要的是九十九朵

今天是清明
我去看母亲

2019.4.5

我在出生

我在出生
我挣脱了母亲的身体
在我的哭叫声中
母亲死了
全世界都弥漫着母亲的血

记不准那是早晨
还是黄昏
依稀记得的是
又大又圆的太阳
滚动在
湿漉漉的霞光里

2019.4.6

我们一起听听春天

我们一起听听春天

骨朵对蜜蜂说的什么
蜜蜂含羞飞离后
骨朵自言自语着什么

我们一起听听春天

天鹅对蛤蟆说的什么
天鹅高傲地飞走后
蛤蟆哭哭啼啼地
说着什么

我们一起听听春天

车前子与蒲公英耳语的
又是什么

我们一起听着春天
难道你不想对我说点什么

2019.4.17

与子书

我知道你不想说出我的老
只是问候多了起来
你夜里发来的微信我故意不予理会
怕你担心我这么晚了还睡不着觉
第二天清晨我做的第一件事情
就是用那个动画表情包回复
大太阳在彩云间欢蹦乱跳
隔了一夜
你急需知道爸爸是不是
活得还好

2019.4.18

山 说

除了有棱有角的石头
我还能给你什么

拿去吧
尽管这是我赖以支撑
得以耸立的
骨骼

2019.4.18

广场上唱歌的老人

天还没亮
他就在广场上唱歌

把人们从睡梦中唱出来
把阎维文、李谷一、德德玛、帕瓦罗蒂
唱得忽高忽低
不分男女

大体相同的腔调
截然不同的歌词
动作夸张
绝对忘我
身边那只小狗
不时伴唱几句

晨练的人们
几乎没人驻足听唱
甚至把他当作噪声躲避

晨练的人们不知道他的名字
也不知道
他住在哪里

何时来到广场
又会何时离去

我深信是他唱出了今天的太阳
也是他把太阳唱得云里雾里

2019.4.18 二稿

西柏坡

当年那一群赶考的人
从这里出发
没有退回来

他们考赢了

如今，一群又一群准备赶考的人
在这里聚集
在这里补习
也要从这里出发

他们，有的是首次走向考场
有的是落榜后准备再考
有的是挂科后参加补考

2019.4.20

葵花姑娘

凌河岸上，葵花正开
低飞的燕子
把青草剪得错落有致该高则高该矮则矮

一只蚂蚱跳上云端，另一只喊它
赶紧下来

中华鳖在那里小憩
厚厚的阳光
埋得它，只能露出大半个脑袋

那是七月，葵花正开
一想到那个七月
我就后悔，为什么丢下凌河
远远离去
不把葵花低下高傲头颅的日子等待

2019.4.20

倾斜的画

是谁
捞走了在上游潜底的鱼

挂在我墙上那条河
一夜间
失去平衡

那是一条怎样的鱼呀

画家朋友说
他当初也是这么想的
那水底
应该有一条鱼
在他提笔构思的时候
一滴浓墨
落进水里

2019.4.21

旱

你那里的雨在天上
说下就下

我这里的雨在地下
墒情太差

恨不得把大地拎起来
翻个个儿
使劲抖
让它深处的积水
向地面涌洒

节令到了
我要种庄稼

2019.4.24

诗人朱赤最爱牵牛花

你说
花在
人就在

有花就有那个牵牛的人

你的牛一年比一年多
那头最老的
曾是她生前最喜欢的
你说绝不让这头牛出栏
你说也许哪天夜里
她还会来牵这头牛
还会为这头牛喂草

花，牵着牛
在你的日子里
一朵朵不紧不慢地向着高处走

2019.4.24

天阴无雨

这天空，从一大早
就这么阴着

没有闪电
没有雷鸣
满天的云
好像一动也不动

中午的时候
我隐约听到了飞机轰鸣
不知在云上
还是在云中

直到下午三点半钟
我终于看到
有一只鸟冲出云层

喂，能不能飞过来
说一说天上的事情

2019.4.27

那个孩子

你拾起一只鸟

你不知道
这只鸟已经死掉
你甚至不知道
什么是死掉

你问它为什么不像其他鸟那样去飞

你不知道
它曾经飞得很高

2019.4.28

你在我前面走着

你器宇轩昂地
在我前面走着

我追不上你

我不敢追上你呀
没有勇气与你并肩而行

你器宇轩昂地
在我前面走着

一眨眼的工夫
换了个人吗
你怎么拖着一条
长长的尾巴

2019.4.29

丝绸之路经济带

一度僵死的蚕
复活了

一路采桑
一路吐丝

我跟着它
为世界织锦

2019.4.30

妲 己

我一会儿是狐狸
一会儿是妲己

是妲己的时候
我善良美丽

我既是妲己
又是狐狸

是狐狸的时候
看上去更加美丽

即使我告诉你我此刻正是阴毒的狐狸
你也不会怀疑我不是善良的妲己

即使你怀疑我是阴毒的狐狸
你也舍不得我的美丽

2019.5.4

小　花

有一个人
名字叫小花

小时候叫小花
满头白发了
依然叫小花

小时候
全村人都叫她小花

满头白发了
还有一个人叫她小花

2019.5.5

英雄的头颅——赵尚志祭

这是他
自从入党那一刻起
就从容抛却的头颅

所谓的锯首
不过是
心惊胆战的敌人
用残忍
掩饰自己的恐惧

日寇也曾想过
把他的头颅运抵东京
放在靖国神社作为供品
同时想到的是
在他不屈的头颅前
那些被抗联将士杀死的关东军
还要吓死一次

英雄的头颅
终于回到了故乡

我依稀看到

那铮铮铁骨上
浮现着
他离开家乡时
十一岁的笑容

2019.5.6 二稿

娄山关

站在小尖山的山尖上
我看见
红军官兵正在艰难地
从前坡往上爬

站在小尖山的山尖上
我看见
白军士兵正在吃力地
从后坡往上爬

我真想
冲着精疲力竭的红军大声喊
你们在半山腰休整一下吧
擦去在湘江流出的血
流出在湘江忍住的泪
爬上来的敌人
我——来——打

我不知红军官兵如何先敌登顶
我只知
讲解员此刻正在讲述
娄山关大捷的神话

2019.5.8

水西姑娘

说出这个名字
怎能不被人爱上

水西
水西

你心中百里杜鹃
千里乌江

记住这个名字
也就记住了这个地方

黔西
黔西

我梦中百里杜鹃
千里乌江

黔西的水西姑娘啊
我们南北相望

2019.5.10

在辽西上空

在飞机上俯瞰
那片云是白的，很浓很厚的白
那片云投在大地上的影子是黑的
很浅很薄的黑

那片黑色的影子
刚好落在一个村庄
我看不清那个村庄是不是下雨了
也看不清
村路上是不是有人

庄稼还没出苗呢
山绿了
农田还黄着

我知道这里十年九旱
我也仔细看了
云里，没有神仙

2019.5.11

一条迟早上钩的鱼

你就握着钓竿在那里等吧
我不会上钩的

你钓走了我的爸爸
钓走了我的妈妈
休想钓走我

你就握着钓竿在那里等吧
我不会上钩的

你知道我是多么想吞掉那只饵吗
它正是我喜爱的味道
正是我需要的营养

我就这样忍饥挨饿地等着
等着
等着
等着你收起钓具

等到你愤怒地
把剩余的饵料抛进河里
失望地离去

你每一天都会来的

我每一天都在这里等待着你

2019.5.15

你给我一盆海水

你给我一盆海水
我给你
一粒盐

你给我一车矿石
我给你
一吨铁

你给我半坡瘠地
我给你
一仓米

你把干净的身子给了我
我一辈子
捧着你

2019.5.15

遵 义

这是一座夹在群山缝隙中的城市

一支衣衫褴褛的队伍
来到了这里

走进来的时候
人人眼角挂着泪水
（三年不饮湘江水
十年不食湘江鱼）

走出去的时候
人人肩头扛着江山
（雄关漫道真如铁
而今迈步从头越）

这是一座遵道守义的城市

2019.5.15

雨　后

旱了好久了
春天也来了好久了
弟弟把玉米种子干埋好久了

雨呀
雨

雨来了
比扶贫款来了还让村民们高兴
雨来了
超市里的白酒会销售一空
雨来了
村子里许多人的疾病会不治而愈
我的老爸爸就在其中

雨来了
雨真的来了
六天前一个午后弟弟用手机传来激动
还录下视频让我看到了雨声

我趁周末赶回老家
径直走进弟弟的田垄

哦，一大片土地都在拱动
我隐隐听到了
一群举重运动员发力的喊声

我还在田垄间看到了几簇小草
看到了它们的兴奋
也看到了它们的惊恐

雨来了
来了
在乡下
只要一场好雨下过
没有什么不可以宽容

2019.5.18

唱一唱

要唱一唱
大声唱一唱

唱起国歌吧
唱起《国际歌》
在你即将忘了祖国的时候
让田汉和聂耳告诉你要有长城一样不屈的骨骼
在你即将忘了主义的时候
让鲍狄埃和狄盖特挥起真理的音符把你打醒

起来呀
起来
前进吧
进
不仅不能跪行
而且不能安坐
无论面对恐吓
还是冒着炮火

2019.5.18

小 满

原 来 一 切 在 故 乡

今日小满

在中原
麦黄还有三天

会不会因为我的到来
提前挥镰
你知道
我急于品味你捧出的成熟

不要因为我的到来
提前收割呀
你更应知道
我希望你那片熬过冬天的麦子
更加饱满

让我们
共同等待吧
尽管度日如年

2019.5.21

平　原

在山区
天的高度
是那座最高的山

在城市
天的高度
是那幢最高的楼

在草原
天与地
被密匝匝的针叶草缝到了一起

在这平原
在这一望无际的大平原
白天
天同麦农一样高
夜晚
天同麦子一样高

2019.5.21

母亲河

女娲
用黄土与水和出的泥
抟出最初一批的人

女娲对这些人说
出发吧，向着远方
我会源源不断地
为你们输送土
土是黄土高原黄色的土
我会源源不断地
为你们输送水
我会让一个名叫李白的诗人告诉你们
水是哪里来的水

土在水里
水在土中
我给你们一条黄河

女娲对这些人说
天漏了由我来补
不需你们分心
听好了呀，孩子们

你们要在大地上
专心致志地
像我造就你们那样
抟出一个
有灵有血有模有样的中国

2019.5.23

壶口瀑布——写在中美贸易博弈之际

是谁收窄前路
把我们逼进壶口
是谁挖下深沟
企图将我们跌个头破血流

面对窄路
我们团结得更加紧密
肩并着肩，手拉住手
面临深沟
我们争先恐后地跳下去
让后来者踏着我们的血肉往前走

听一听我们的怒吼吧

不到大海
绝不回头

看一看我们的咆哮吧
谁也阻挡不了愤怒的洪流

2019.5.25

过太行

我仿佛看到
八路军在山上

只要世界上还有敌人
八路军就会坚守在山上

中国的每一条山
都是太行

2019.5.28

细说大凌河

细细地说，我就得从远一点说

爷爷年轻的时候
撑着小木船过河
爸爸年轻的时候
穿着皮衩裤过河
我年轻的时候
那河水依然过膝，而且清清澈澈

我对你细细地说
你对那准备慕名而来的姑娘
却不能这样说
不能告诉她，现在的河水
刚刚没过脚脖
而且有些浑浊
或者干脆这么说
自从盘古开天地三皇五帝到如今
始终就是这样的河

你还是先带她去看长江去看黄河吧
在领略壮阔的时候告诉她
大凌河的壮阔说的不是水，而是
两岸人的性格

2019.5.28

我不同意

我不同意更不会带你们去老家
看望我的爸爸

老爸已经不是从前的爸爸了
要把他劝到轮椅上到屋外晒一晒太阳
比墙上挂钟的分针拉动时针走出半格还难
弟弟至少要在屋子里转上三十圈
弟媳至少哩哩啦啦说上半水缸好话

爸爸曾是村子里腰板挺得最直
胡须刮得最净
算盘打得最准
衣服熨得最平的人

老爸也会主动要求到院子外看看
可他总是选择傍晚
或者月下

老爸已经不是从前的爸爸了
他让弟弟摘掉了屋中的镜子
他一遍又一遍地
试图用指甲抠掉手背上的老年斑

没了镜子他也知道什么是饱经沧桑的脸
他说这样的脸影响村容
好听不好看

我不同意更不会带你们去老家看望我的爸爸

2019.5.29

苹　果

宇宙的树枝上
挂着地球
挂着这颗青苹果

太阳大些
是树枝上另一颗苹果
已经红了

这样想象的时候
我变得异常兴奋
是摘下太阳尝尝
还是先把那只伺机爬上地球
名叫月亮的虫子
活捉

还是先为宇宙这棵大树浇点水吧
让我捧来银河

2019.6.2

我送你一颗太阳

一重重海浪涌过来
争着抢着告诉我
在海平线的那边
驶来了一艘大船

不知大船装来的是什么
不知大船要从我这里装走什么

来吧
来吧
如果运来的
是残缺的月亮
我会慢慢修补
我还会
把一颗太阳
装到船上

运回去吧
运回去把黑暗的日子照亮

2019.6.4

抓　住

老爸还在，我要抓住一切回家
抓住节假
哪怕有一千个人约我
也不给他们一分钟
抓住车辆
出租车议价车大车小车
抓住什么算什么
在价钱方面绝不吝啬
如果遇到乐意同我谈乡村谈父母谈旱涝谈丰歉的驾车人
一路上我会不断续钱
哪怕回到家时已经囊中羞涩

抓住阳光
抓住清风
抓住美食抓住牛奶
抓住苹果（咬了一口的除外）
抓住好药
抓住自己和他人的笑容
抓住老爸爱的一切和爱老爸的一切

老爸还在，我要抓住一切回家
已经抓不住走掉的母亲了
我必须紧紧抓住没有走掉的父亲

2019.6.4

俯 瞰

在飞机上，好像是在内蒙古的上空
我俯瞰黄河
看到一个"几"字

人说黄河九十九道弯
这是第几个

是我在问黄河
还是黄河在问我

如果不是在高处而是在河边
我不会相信走向大海真的那么曲折

2019.6.4

刀　疤

刀，记不清
一生中都被谁挥起过

伤口，却是一只
无论睁着
还是闭上
都不会失去记忆的眼睛

当每一滴血都变成黑土的时候
疤，也长成了刀的模样

2019.6.5

端午遐想

屈子投江两千多年了

不知随他一起跳下的那块石头
是
依然有棱有角
还是被岁月冲刷成了圆滑的卵石
逐流随波

纪念屈子两千多年了

我看到，无论什么样的痛苦
都能被人转换成快乐
无论何种怀念
都能被人们异化成大吃二喝

人们以五月初五为节日两千多年了

看看怎样包粽子吧
有的包米
有的包肉
想包进什么就包进什么
有人选素

有人选莘

想选择什么就选择什么

屈老夫子呀

都说你精神不死永远活着

路曼曼其修远兮

希望你不辞辛劳

上下求索

把《天问》破解之后

写篇《人问》如何

2019.6.7

有这么一种尺子

度量短长
人们用你

说长道短
人们信你

没人怀疑你
就像人们总在怀疑自己

我也不会道破你的弹性
度量我的
也许是你

2019.6.9

小 烧

后山坡地的红高粱
前辈传下的老锡锅

小伙挑来了凌河水
老汉抱来了干柴火

不是没钱买
而是找个乐儿
咱自己烧酒自己喝

是不是光合在高粱里的阳光蒸馏了
一碗下去
一肚子火

是不是高粱的颜色还原了
每张面孔
红红的

是谁在那里酒后吐狂言
一顿半条垄
一冬一面坡
一年一条大凌河

2019.6.12

夜 路

走夜路
千万不要忘记
老人的叮嘱

黑泥
亮水
白干地

你说你记住了老人的叮嘱
可你为什么不是走到泥里
就是走进水里

你说走进泥里也就泥了
走进水里也就水了
谁都知道发白的是干地
好走的也许更不好走呢

2019.6.16

驴脾气

牵着不走
打着倒退

你就这样
一会儿牵它
一会儿打它
难道没有想到
这驴子为什么不再顺从

依然是那个磨坊
必然还是原地兜圈

难道你会心甘情愿地
戴着夹板
绑着套具
蒙着双眼
把一次又一次往复循环
当作远方

2019.6.16

当黄河遭遇壶口

我们就这样手挽着手向前走
一路上接纳了
一波又一波潜水明河
小溪细泉
我们这支队伍
是一心向海的浪漫洪流

是前进路上一种必然吗
我们遭遇了狭路
壶口

好吧，到了殊死一搏的时候

前一波跳下去了
不惜用生命填平那道险恶深沟
后一波也跳下去了
跳下去把前一波托出
一声声咆哮
一声声怒吼
所谓的波澜壮阔
正是这奋不顾身的写照
一颗水碎成八瓣

没有哪一瓣是泪
向前走
我们义无反顾向前走
哪怕跌得头破血流

什么也阻挡不了我们
经历了极限施压
经历了起起落落
经历了前所未有
我们依然是水
依然是水呀
只是长了骨头

我们就是这样
我们摔打成这样的黄河了
我们是铮铮铁骨汇成的滚滚洪流

2019.6.18

爸 爸

爸爸，我无论怎样仔细端详
也不能在衰老中
找出您年轻时的英俊模样

只是觉得
我同您越来越像

爸爸，我无论怎样仔细端详
也不能在自己的镜像中
找到像您一样的慈祥

只是悟出了
无论一副什么样的心肠
都会被岁月拎出来
挂到脸上

2019.6.18 二稿

一种花朵

他的心中
有许多花朵

他说
只有一种花
长开不落

我问他
是不是爱

他告诉我
其实是恨

也只有这种花
开得五颜六色

2019.6.19

泸定桥

我试探了几十年
也未能放胆爬上去

即便铺好了桥板
也会目眩头晕

即便对岸没有机枪扫射
也会落魄失魂

即便拥有双翅
也没勇气举振

你们究竟是怎样爬过去的呀

每当生死关头
总有那么一些人
被后人视为神

信仰的力量
真的扭转了乾坤

共产党依然初心不改
解放军还是当年的红军

2019.6.20

子 鼠

我与猫
达成了书面协议

一是互换胡须
试一试
谁的触觉更灵敏
谁的更有颜值

二是结为亲家
把我的长女
许给他的幼子
条件是生男姓猫
生女姓鼠
双方互免嫁妆彩礼

三是食物交流
我无论何时何地何种方式得到的鱼
保证第一时间给他送去
他为我在主人粮仓的第三个漏洞旁
堆放足够的米

四是暗中助力

假如有狗去咬他
我就给狗崽子传播鼠疫
假如有狗对我进行攻击
他会满世界传布那句俗语
让谁都知道狗是个多管闲事的东西
一个个都把他远离

猫与我
还有一个口头约定
这就是
表面上互为死敌

2019.6.21

丑 牛

那一天
我听到了主人对我的评价

他说我忠厚老实
勤奋坚毅
干起活来
不藏力气
最可贵之处
就是懂得反刍
他还说
这就相当于人的反思

正当我得意扬扬之际
他又说了一句
他担心我头顶的犄角
哪一天把他攻击

谁能帮我找一把锯

2019.6.21

寅 虎

我不知当年闯入身体里的那只老虎
还在不在

我不敢向那个人挥拳
我怕那虎掌随之挥出
拍碎他的脑袋
我不敢对那个人怒吼
我怕那血淋淋的虎口同时张开
把他吞进腹来
我不敢放松夹起的尾巴
我怕那根有如钢鞭的虎尾跟着往外甩
把人群扫得东倒西歪
我每天都要及时剃须
唯恐那虎须随之长出来
万一有谁好奇去扯一根
惹得虎颜大怒
一定发生难以预料的意外

我不知当年闯进身体里的那只老虎
在还是不在

怎样把它牵出来

2019.6.21

- 200

卯 兔

兔说兔话
牛有牛语

我跟兔缺少共同言语

兔也吃草
牛也吃草

好在还能吃到一起

只要我不撑破肚皮
剩下一点
就够兔子吃的

求同存异吧
其中自有欢喜

我的妻子属兔
我的儿子属兔

我属牛

长相也丑

但我说的，不是自家故事

2019.6.21

辰　龙

龙啊
闪着金光的龙

雷，是你隆隆的叫声

每当大地张开干裂嘴巴
叫渴的时候
你就会
闪电般飞来
把挡住雨的乌云撕开

龙啊
电闪雷鸣的龙

2019.6.21

巳 蛇

小时候
到高粱地挖菜
我遇到了一条长蛇

那条蛇
抬起头
张开嘴追我

绕着弯跑回家里
总算把它躲过

没想到它竟追到我的梦中
夜夜前来咬我

爸爸每天提根棍子寻蛇

妈妈说咬咬牙送孩子到城里上学吧
乡下的蛇再毒
也不敢进城撒野

从此再没梦到过那条蛇
其实它早已被爸爸打死

2019.6.21

午 马

成吉思汗骑着蒙古马纵横天下

爸爸赶着一匹蒙古马
犁地
种庄稼

马是一样的马

不知道成吉思汗是什么人之前
我认为能让我吃上饱饭的爸爸
在这个世界上最伟大

知道了成吉思汗是一代天骄之后
我还是最崇拜爸爸

可爸爸总是说
愧对了那匹好马

他还常常贴近马耳
说着我听不懂的蒙古话

2019.6.21

未 羊

那只羊
在默默反刍

反刍中，它品出
先前艰难吞下的苦草
竟有些甜

它记得
妈妈说过
日子就是这样的滋味
有时甜
有时苦
苦中有甜
甜中有苦
苦能变甜
甜能变苦

它决心做一只妈妈那样的好羊
吃得了甜
也吃得了苦

2019.6.21

申 猴

悟空先祖哇
为什么不传给我七十二变之术

哪怕一变也好哇
我要把自己变成人
捉几只同伴
去耍
最好把金箍棒借我一用
免得它们不服

挣得钱来买酒买肉
免得天天用野果子果腹
时间长了
也许真能脱胎换骨

2019.6.21

酉 鸡

当年
我也会飞
比老鹰飞得还高

也曾是食肉禽类

你问我
从什么时候退化

不要这样问嘛

你看老鹰
还有几只

2019.6.21

戌　狗

你两声汪汪
引来群狗齐吠

晨练的时候
狗互相打探
是不是村子里闯进了狼

你说
哪有什么狼啊
只是我嗓子发痒
忍不住叫了两声
不承想
你们一个个你三声我五声
一直叫到天亮

2019.6.21

亥 猪

八戒呀
你常常倒打一钯

每一次为此检讨的时候
你都说自己脑子太笨
常犯糊涂

可为什么
你每一次打到的
都不是师父

2019.6.21

狩　猎

他
扛一杆猎枪上山
砰的一声
那只野狼抓住子弹
糖果般嚼来嚼去

他
拄一杆猎枪下山
背上
扛着受伤的自己

2021.7.24

报喜鸟

飞来了两只喜鹊

俗话说
撵不走
就是喜事来了

我三次拾起小石子
三次放下

三次张开嘴
三次把喊声吞回

三次前去轰赶
三次迈出半步
又赶紧后退

喜鹊
喜鹊
你们就在我家墙头
喳喳叫吧

好歹也算撵过了

可你们就是不走

不走
就是喜事来了

2019.7.31

台风 "利奇马"

来得猝不及防
显得气势汹汹
裹雨
挟风
全世界都在担惊
它可能将沿岸扫平
把月亮淹死
让太阳失踪

"利奇马"来了
真的来了

来吧
该来的躲不过去
哭也没有

在浙江登陆了
在上海撒野了
在江苏扰动了
在山东削减了
绕来绕去也没敢进入北京
辽宁还在严阵以待呢

无论你带来什么样的灾害
都能被我们战胜
最重要的战果已经取得
那就是
锻炼了队伍
解除了旱情

弟弟问我
大哥呀，你说说
"利奇马"像不像特朗普挑起的
贸易战争
问得很有哲理
答案已在其中

2019.8.13

那条河

那条叫作敖木伦的河

那只头羊
搭一眼便看透深浅
它毫不犹豫地率领羊群游过
那匹公马知道
甘甜的样子就是这种清澈
只有自己饮足了
才能为三十匹跟来的母马解渴

那条河
那条叫作敖木伦的河

把马头琴拉起来吧
把长调唱起来吧
无论黄牛黑牛
走到哪里也改不了倔强性格
让它拉走那道丘陵
它也不会退缩
只是不知道
那把蒙古刀
能不能把两岸的庄稼收割

那条河
那条叫作敖木伦的河

你是不是听谁说过
常常有美人鱼走上岸来
采摘杨树下的花朵
才这样千里迁徙
丢下额吉，丢下敖包
义无反顾地奔向了那条河

2019.8.16

童 话

听说有一颗星星
名叫地球
听说那里居住着人类
他们，正在探寻宇宙

我来自宇宙深处
已经漂泊许久

我要去一下地球

不知那里的人们
是不是研制出了核武
不知那里的生物是不是正在减少
不知那里的海平面
是不是出现了上升势头
不知那里的人们
是不是开始为资源短缺发愁
甚至引起争斗

这些事情很久以前就发生在我那个星球
先辈们我行我素
直到覆水难收

如今我那个星球已经毁掉
居住在那里的我的同类
大多与那个星球同归于尽
侥幸逃出来的
也像我一样正在无际的宇宙中
漂泊不休

太阳啊，请你告诉我
哪颗星星是地球
我要到那里
做一次警示交流

2019.8.18

招领启事

昨天夜里
在本市一条人行道上
我拾到了一些人体器官
请丢失者前来认领

有心脏若干
依然跳着
有眼球多颗
尚未散瞳
有许多嘴巴
正在叭叭说着方言或者标普
有几对耳朵
依然扣着耳麦
还有几团雾状的东西
我找人看过了
有人说是思想
有人说是灵魂

不必说明缘由
（无非夜的黑
酒的醉）
缺失了什么
便领取什么

2019.8.22

宇宙公告

兹定于
二〇三五年十二月三十一日
召开宙友大会

说不准所在方位者
屡次冲撞其他星球者
预谋发起星球大战者
移居宙外届时尚未回归者
故意偏离轨道者
放任污染物扩散者
不得与会

无资格与会者
给予十五年观察期
整改不力无效的
期满之日，宙籍自动终止
并予以强行驱离

2019.8.22

我有一亩高粱

那一株高粱
割断了我的镰刀

麻雀，从高粱穗里探出头来
叽叽喳喳地
把我嘲笑

"你要割去高粱酿酒吧
都醉成这样了
还不赶快回家
盖个薄被睡上一觉"

那半亩秋风
割断了我的镰刀

2019.8.23

纪念一个人

一个个子很小
却顶天立地的人

一个三起三落
三落三起的人

一个在雪山草地的长征中"跟着走"
又在改革开放的新长征中"领着走"的人

一个推动真理
走向实践的人

一个为解放已久的人民
解放出依然禁锢的思想的人

一个摸着石头过河
却又不怕水深浪急的人

一个不是把主义只喊在嘴上
而是让主义温暖民心的人

一个被"狂傲"的大学生

直呼其名的人

一个做了爷爷
还为十几亿人当儿子的人

一个让人们把他忘记
却被人们常常想念的人

2004.8.20 一稿
2019.9.25 二稿

小　雪

明天小雪
不知道会不会下雪
这是个封地未封河的节气
我依然是那条
渴望上岸的鱼
甚至还有飞的想法
并且，已在心中试了几次

明天小雪
接下来大雪
那时候地封实了河也该封了
能不能变成一只小鸟从河里飞出来
就看你是不是为我备好了羽绒服

你的决心或准备
只有半个月了
快快告诉我吧
到时候
我是飞出水面还是潜在水底

明天小雪
我真的很冷，比冷更冷的
是至今不知你的心思

2019.11.21

225 -

田鼠家会

冬至这天，田鼠一家
贮足了冬粮
清点完毕后
论功行赏

小孙子拾粮最少
奖金为零
还需剖析思想

它检讨起来振振有词
不卑不亢
田野上随处可见遗粮
何必颗粒归仓
我们可以一边赏雪
一边挑拣可口的粮食品尝

也许正是人们特意为我们留的
我们完全可以大大方方享用
来年不必偷粮也无须洞贮
我们出行时
也不用像祖训讲的那样
总是偷偷摸摸

东躲西藏

田鼠一家无言以对
沉默的爷爷沉默中拎起久未出行的拐杖

2019.11.29

越冬天鹅

西伯利亚太冷
我飞回了中国

祖居越冬地还有很远
我的爱人我的儿女脸上眼中
都充满了疲惫之色

就留在这里了
让生命选择一次不一样的生活

都说这里冰冻三尺
可明明过的大雪节气
依然有一湾明水
依然流淌着涓涓清波

谁说这是朝阳城里净化脱污的中水
分明是善良的人们
一边为我们投送玉米
一边用温暖的心
为冬天里的天鹅季加热

这个乡叫南八家
这条河叫大凌河

2019.12.1

失　眠

一只羊

两只羊

三只羊

第十只

是弃我而去的初恋

第一百只

是那条眼瞅着断流的河床

第一百五十只怎么成了蛤蟆

天鹅把影子从空中掷下来打翻了它的幻想

第二百只是被我吞下几口的苹果

那半截虫子已经入肠

第二百四十六只成了一株小树

小鸟在枝头捧着喉咙歌唱

第三百只是京漂的儿子看中了却买不起的楼房

第三百六十七只哭哭啼啼

那是始终不肯说出到底被城市骗掉了什么的小村姑娘

第四百二十只踉踉跄跄

仔细看看竟是喝高了的村主任

第五百只趾高气扬却看不清长得什么模样

是不是特朗普在那里挥动贸易大棒

举起来打在空气上

落下去把白宫打得东摇西晃

第六百只怎么还会产蛋

原来那不是羊而是一只白母鸡走出产房

第七百只是一只披着羊皮的恶狼

它知道东郭先生转世后已不再轻易上当

必须拿出新的花样

第八百只站在月光里吟诗

它竟不知韩辉升的名字

这让我非常沮丧

第八百八十只在草地上走来走去

问了许多遍

它也说不清我那英年早逝的弟弟

到底在地狱

还是在天堂

第一千只竟是一条大鱼

趴在沙滩张开嘴巴大口吸氧

是不是河水污染太重

为了活下去

不得不从水中来到岸上

第二千只咩咩叫着找妈妈

却不知妈妈早已被送到了屠宰场
第三千只到底是黑色还是白色
怎么嘴巴在草丛
尾巴在天上
第四千只拄着拐杖
分明是爸爸在村头把我张望
第四千二百只
是招商引资建成的工厂
第四千五百只在墙角反刍
昨天吃下的苦
今天品起来好香

数羊
数羊

把刚刚数丢的两只补上
第四千四百九十八只是形式主义
喝了一肚子凉水显得很胖
第四千四百九十九只分明就是官僚主义
一会儿捋着胡子作势
一会儿跑上高台装腔

一会儿晃着犄角横冲直撞

数羊
数羊

第四千九百九十九只
怎么成了敲着窗子唤我起床的太阳

2019.11.26 一稿
2019.12.1 二稿

今天的太阳

今天的太阳，不像昨天那个
依然红
却淡了一些
依然圆
却椭了一些
依然亮
却不那么刺眼

我望了一眼
又一眼
似乎看到她
朝我温柔甚至暧昧地
笑了一次
又一次

以后就这个样子好吗

我喜欢这种
高高在上

2020.3.5

最容易回去的就是童年

最容易回去的就是童年
不必除掉老年斑
满头白发
不焗不染
权当游戏中
扮作老汉

回去的方式有三
一是功名利禄看淡
二是不在晚辈面前故作庄严
三是找个垃圾箱
扔掉所有经验

如果还有第四
那就是
学一首儿歌
五音不全不怕
只要扯开嗓子敢喊

最容易回去的就是童年

最不容易的就是说出自己的小名
我叫狗蛋

2020.3.6

你不要

你不要
不要
把那簇新绿薅掉

我知道
长大了
那就是一丛荒草

难道这不是你第一眼看到的春天吗

没用也要留着
有害也要留着

经历了怎样的
苦苦期待
苦苦寻找

2020.3.8

一亩三分地

守住十八亿亩耕地
这是一道红线

每人刚好一亩三分地
正应了那句古谚

每人只有一亩三分地呀
连起来才叫田
擎住了才是不塌的天

种好这一亩三分地
让十四亿人的碗里
盛满中国饭

2020.3.10

在高处看着这个城市

路上的行人
是那么小
真担心
哪一阵风
把他们
一个个
吹跑

不知路上的行人
能不能看到高处的我
能不能看出
我的高

2020.3.12

假 如

假如
把一群人
全部逼出本来面目
那么
你一定会看到魔鬼

假如
把一支鞭子
丢给羊群
那么
你一定会看到
至少有一只羊变成牧者

假如
在河边喊一声
全鱼宴开席
那么
你一定会看到
有几条鱼
握着筷子跳上岸来

2020.3.13

雨　后

那片草丛中
蝴蝶翩翩
像朵朵飞花
是对对梁祝

是谁折裂了树枝呀
快快扯一片白云包裹
扯几缕阳光缠住

那匹老马
打着响鼻漫步
逢草就讲逢树也说
犁得动良田千亩

农人在石板上下棋
老帅举手投降了
小卒子依然不肯认输
观棋不语的折扇里
第十只蜜蜂飞出

小河流水
大河流水

一场好雨下过
拔节声声
来自我的肢骨

2020.1.13

丢失的河

离开家乡的时候
我嘱咐弟弟
为我看守好那条河

那是我白天捧在手中
晚上抱进梦里的河

那是替我养育着
一百零八条小鱼的河
（我一遍又一遍
用心数过）
那是同我一道憧憬大海
互相励志的河

弟弟说
不是他故意丢掉了那条河
河丢了
他比我还要难过

2020.3.14

你不要向我走来

你等一等
等我把春天收拾好了
你再决定
是不是以我为目标做一次逆行

等我把积雪铲起
让即将离去的冬天把它带走
等我把败叶扫拢
点一把火燎化残冰
等我把籽粒喊醒
问问它愿意做粮
还是愿意做种
等我到山坡上看一看
看一看小草是否返青
等一等
等燕子在柳树上挂满春风
等刺玫瑰蜇痛蜜蜂
最好等到大地绿起来
等到我像庄稼一样拔节声声

等一等
你耐心等一等

等到我老态龙钟

等到我重新年轻

2020.3.15

逆 行

时光机带我逆行
我告诉它
在途中遇到我自己的时候
一定要停上一停

遇到了昨天的自己
正在那里议论新冠疫情
为零号病人到底出自哪里
争得耳赤面红
我说明天起不要猜测了
不管哪个国度染疫
都是这世界的一块病灶
左右长在身上
无论在哪儿都疼
在这疫情蔓延的时候最好把嘴巴封上
用口罩
或者用牙齿也行
人类面对共同的灾难
没有理由不做共同抗争

遇到了庚子年正月初一的自己
在那里同老爸把新的一年憧憬

他说今年必须看到重孙

不然的话

哪一天死了双目难瞑

说着说着有些激动

大喊一声

喝白酒也不能论盅咱爷俩论瓶

我说就你这海般酒量

恐怕活上一百岁还得挂零

早点晚点怕啥

结婚生子也得瓜熟蒂落才行

我还说今年属鼠明年属牛

明年的话

咱一家四代有三个人属相相同

三头牛放在一起是个犇字

意思是牛到极顶

老爸频频点头

不再与我纷争

遇到了四十八岁的自己

坐在台下

听那人有声有色地照本宣科

也还是在那里认认真真记录

目不转睛倾听
猝不及防的是
讲到反腐倡廉那一段的时候
他的即兴发挥十分威猛
每一句都要比原稿生动
恨不得找出个腐败分子大卸八块
不然的话
甘愿摆摊卖薯谢罪百姓
谁想到三年后他进了监狱
说是算不上大老虎
可又有谁见过这样大的苍蝇

遇到了三十九岁的自己
那一天在日本东京
一个老人前来拜访
一进门就深深鞠躬
他说年轻时到过热东
虽然并未杀人放火
可毕竟带去了惊恐不宁
想到朝阳大平房惨案
想到北票万人坑
想到在那场鼠疫中失去音信的太爷爷

至今尸骨无踪
让我不由得怒火中烧
如果不是风烛残年
真想打他个鼻青脸肿

遇到了二十九岁的自己
盘锦大地千里冰封
可恨的芦苇
一根比一根坚硬
可恨的积雪
一脚比一脚寒冷
身前身后挣扎着
上万名出外打工的农民弟兄
恨自己只有弱手一双
并且不能左右开弓
帮上了这个帮不上那个
父老乡亲可怜的收入让我心比冬冷
带队归来后向领导提议
这一次劳务输出县里不再提成
然五十天废寝忘食劳而无功

遇到了二十六岁的自己

这时候正是中午
天上的大太阳又圆又红
产房里传来了儿子呱呱坠地的欢乐哭声
儿子呀
人世间还没有为你铺下的道路
你的道路
需要你学会走路后自己打通

遇到了二十五岁的自己
七月一日那天我把右拳庄严举起
我在此看到了那颗高擎的初心
真的是红红彤彤
干干净净

遇到了二十二岁的自己
捧一本刊物无比激动
我的诗歌
在《鸭绿江》上刊登
分明就是一颗瘪粒呀
竟被那双名叫阿红的眼睛看中
一百元稿费相当于两个月工资
我骑着欢乐的自行车

奔回乡下的家中
那一年，一贯舍不得向土地投入的爸爸
做了一次奢侈的春耕

遇到了十七岁的自己
这是在此读了半年书的北票高中
当年的同学
大多数成了各界精英
只可惜成绩最好的几位
不是赴美就是留英
听说都要把儿孙送归故里
真的是三十年河西
三十年河东

遇到的自己还是十七岁
正把一张白纸捧在手中
听罢我读的十一届三中全会公报
爸爸妈妈脸上挂满笑容
妈妈说
儿子录取通知书来了
就要走出大山
借钱也要为他置一件新衣

不能让孩子在城里人面前无地自容
爸爸说
借吧
买吧
这点钱，好借也好还
好日子不会太远了
没看见窗外飘雪了吗
老话说得好，那叫瑞雪年丰

遇到了十五岁的自己
这是在公社大院里
把追悼大会集中收听
哀乐响起的时候下起了小雨
人也哭天也哭
不知道人的泪天的泪哪个更多哪个更真
不知道天的心人的心哪个更忧哪个更痛
那一天
有人对我说你看那老北山好像化作人形
仔细端详起来不由得暗暗吃惊
多年后乡村游最亮眼的那个景点
正式更名为毛公岭
有人求财路

有人问功名
乡亲们也来叩拜
唯求好雨青铜

遇到了五岁的自己
这一天爷爷领着我大凌河边踏青
记得他一遍又一遍对我说着
哪一天村子里找不到爷爷了
爷爷就在山顶
哪一天白天里找不到爷爷了
爷爷就在夜里
就在你的梦中

遇到了即将出生的自己
正在静静地
在母腹中侧耳倾听
一个声音说
青黄不接的时候终于过去了
听说，国家的外债已经还清
一个声音说
总觉得这是一个男孩儿
生下来，给他取名辉升

走到这里

时光机不再带我逆行

它说咱们一起回到二〇二〇年三月十六日吧

愿你一步一个脚印行稳致远

从容走过百年人生

2020.3.16

你唱着童年

你唱着童年
唱着故乡

小河在村边静静流淌
小鸟把微笑挂在树上
你扶起那只被青草绊倒的小羊
你把蛇蛋当成蘑菇采进了小筐

你唱着童年
唱着故乡

那只豆鼠为什么像人一样走路
那只蜗牛把什么扛在背上
是谁把太阳扔到了山后
是谁掰走半块月亮

你唱着童年
唱着故乡

爸爸的马车要把换上红袄的姑姑拉到哪里
爷爷奶奶分明在笑
怎会眼泪汪汪

荞麦里真的坐着小老道吗
红蜻蜓什么时候才能把喇叭花吹响

你不止一次问过爸爸
那条小路通向何方

你唱着你的童年
我听到了我的故乡

2019.7.12 初稿
2020.3.20 定稿

心的容量

你的心中
装着多少人
就有多少人
心中装着你

假如你心中只有自己
那么
也不会有人
心中有你

装的人越多
心越宽敞
只剩下自己
会无比拥挤
拥挤得
令人窒息

2019.7.12 初稿
2020.3.20 定稿

伏 旱

爸爸在找水
孩子、玉米和锄头都渴了

老牛
坐在墙角默默反刍
把去年吃过的满汁青草
从记忆中薅下来
咀嚼

月亮，把一群燕子
领到银河边
为牛郎织女搭桥
保证饮水充足
是唯有的酬劳

镰刀
不禁想到了秋天
这样想的时候
刀刃上的乡愁
变得更加锐利

2019.8.25 初稿
2020.3.21 定稿

遇见一个算卦的人

在公园一角
遇见一个摆摊算卦的人
他说
能算出我的前生来世

我说
前生就不用算了
管他是树是草
反正现在是人

我说
来世更不用算了
管他变牛变马
反正比做人容易

在公园一角
遇见一个摆摊算卦的人
他说
能算出我的前半生经历
后半生运程

我说

前半生就不用算了
你算得再准
也不如我准

我说
后半生就更不用算了
反正是走向来世
无非是快点
慢点

2019.7.23 初稿
2020.3.25 定稿

两个人

一个决意还俗的和尚
走在通往家乡的路上

一个铁心出家的商人
走在通往寺庙的路上

两个人
不期而遇

两个人
互诉衷肠

决意还俗的和尚
折返寺庙

铁心出家的商人
回归商场

2019.7.23 初稿
2020.3.26 定稿

红山女神

红山女神
在牛河梁端坐

兽皮
树枝
双手
掩不住赤裸

丰乳
肥臀
玄圃
没有苟且
哪有羞涩

气质之外
一切都是平凡
平凡得
俨然牵我小手
爬山过河的外婆

2019.7.24 初稿
2020.3.30 定稿

天　象

多像一只水煮荷包蛋

太阳是蛋黄
白云是蛋清

是谁端来
天大的碗

2019.7.25 初稿
2020.4.1 定稿

好大一群日子

他一心向前
一直向前

好大一群日子把他追赶

有的为了讨取
有的为了归还

2019.7.26 初稿
2020.4.2 定稿

我是一条鱼

据说鱼的记忆
只有短短几秒

那么
就当我是一条鱼吧

刚刚含泪离去
马上转身追你

我记不住你的拒绝

2019.7.26 初稿
2020.4.2 定稿

鲜卑墓群

前燕
后燕
就在我们村边
直线距离只有一千六七百年
沿着弯弯山路前往
步数也不足两千

鲜卑以骸骨的形态尴尬面世
慕容在史书中若隐若现
青蒿的丫杈
挂不住步摇冠的沉重
遥远的马蹄声
早已锈迹斑斑

死去的埋在这里
活着的
纵马而去
不知浪迹何方
也许是
斩杀得过猛过滥
竟然失手
把自己的根脉斩断

江湖英雄

有多少不知出处

失踪的历史

或许就站在附近

讥笑我们对它的猜断

鲜卑墓群

就在我们村边

当年的大凌河可以划船

如今的庄稼地

正是当年的营盘

2019.7.26 初稿
2020.4.2 定稿

夏 夜

这个夏夜
那么多月光

这么多月光
我只取一片

我只要那片最薄的

爱人睡了
我为她
轻轻盖上

2019.7.26 初稿
2020.4.2 定稿

乡 愁

想家的时候
那个老院子便浮现在眼前

妈妈去后山打柴了吧
爸爸到前川锄地了吧

院子里空无一人

让院子里那七只麻雀继续吵吧
让院墙上那十六朵喇叭花继续吹吧

乡愁就是这个样子

2019.7.26 初稿
2020.4.2 定稿

想 起

想起那年堆雪人

我堆出一个女孩儿
妹妹也堆出一个女孩儿

妹妹说
她堆的这个是嫂子

我说
我堆的这个是妹妹

妹妹不会想到哥哥在撒谎

2019.7.26 初稿
2020.4.5 定稿

锄　板

爷爷说
铲地十年的锄板
就变成银了

铲地五十年的锄板
就变成金了

我问
铲地百年呢

爷爷沉默一会儿说
那就变成土了

2019.7.27 初稿
2020.4.3 定稿

包 容

大树包容了枯枝烂叶搭成的鸟巢
日里夜里都能听到悦耳的鸟鸣
小河包容了企图阻挡它行进的石头
泛起的浪花显得更加生动
土地包容得更多
甚至包容了污染它的垃圾
因而一天比一天厚重
天空包容了抹黑它的乌云
每一场雨都替它传播着好的名声

那么就让我包容你吧
即便你是黑夜也遮不住我的黎明

2019.7.27 初稿
2020.4.6 定稿

扶　贫

在那个贫困村
我看到了童年的自己
我掏出纸巾
为他擦去
依然挂着的鼻涕

只需一俯身
就能把他轻轻抱起
我不会再让这个自己
与今天相隔
五十多年距离

2019.7.28 初稿
2020.4.6 定稿

祖 国

一位旅居海外的同胞对我说
熟悉
温馨
任性
抱怨
都在梦里

每天醒来后
看到的都是重复的陌生
都要确认
自己到底在哪里

每次出门前
都要提醒自己
这里可不是家呀
一定要处处小心

2019.7.29 初稿
2020.4.8 定稿

骨 头

你说
你要打制一把斩杀邪恶的剑

那么
请你
试一试
用尽我的骨头
能不能炼出
足够的钢

2019.7.29 初稿
2020.4.8 定稿

输 赢

石头
剪刀
布

一物降一物

把把都想赢
次次不服输

石头
剪刀
布

个个有长处

赢得了赢
输得起输

2019.7.30 初稿
2020.4.8 定稿

天堂电话

妈妈叮嘱我三件事情
一是经常回家看看爸爸
二是不要与妻子吵架
三是不要想她

这是从天堂打来的电话

2019.7.31 初稿
2020.4.8 定稿

回家，回家

人遇到危难的时候
首先想到的
就是回家

那个人人瞧不起
自己也羞于在人前提起的爸爸
成了最了不起的爸爸
那个可怜巴巴的妈妈
比谁都要强大

回家
回家
不然的话
所有的雄心壮志
随时都会崩塌

见到了什么也帮不上的爸爸
见到了只知流泪的妈妈
顷刻间
变得什么也不怕
回首危难
觉得正是自己把危难夸大

回家

回家

就是把自己的无助

向更加无助的爸爸说说

就是让妈妈

用眼泪把自己的眼泪擦擦

2019.7.31 初稿

2020.4.8 定稿

蒙古草原

云在飘
花在绽
小河的手
抓不住岸

花是离果最远的路
云是离地最近的天

那只鸿雁
正把远去的雁阵追赶

昨天在梦里
今天在眼前

一曲长调
唱软了马头琴弦
我来了
却不知哪一座草丘里
躺着我的祖先

2019.8.1 初稿
2020.4.8 定稿

麻雀（二）

我见过一百多种鸟
最喜爱的还是麻雀

嫌它嘈杂的时候
一轰就走

走也不会走多远

过不了多大工夫
又会飞回来

领一帮小伙伴
在我身边
追打吵闹乱成一片

多像我那调皮的儿子

2019.8.1 初稿
2020.4.8 定稿

那一鞭

错了
错了
我不该狠狠抽你那一鞭

即便真的是我把你抽成了千里马
你也会记得
那钻心的痛

2019.8.2 初稿
2020.4.8 定稿

总会想起一条河

总会想起一条河

无论大河
还是小河

一定是你家乡的河

无论村前流
还是村边过

你一定在河边唱过歌

无论清澈
还是浑浊

一定解得了你的渴

2019.8.3 初稿
2020.5.5 定稿

依 然

长江游过
黄河游过
也曾游过密西西比河

东游过
西游过
游南
游北
一过客

今天
你终于游回了大凌河

等你回来的那湾水
依然清澈
甚至
依然羞涩

2019.8.3 初稿
2020.5.5 定稿

我的身体里

我的身体里
住着一个
收废品的人

他说
用不着走街串巷收买
我一个人
就能把他养活

2019.8.3 初稿
2020.5.5 定稿

读 书

书中自有颜如玉
能不如饥似渴

读《三国》
貂蝉向我微笑
可怕的是
还有王允董卓
一个诡计多端
一个武功了得

读《水浒》
金莲妹子最有姿色
武大确实不配
可我早知道他弟弟
是个打虎英雄
哪能像西门庆那个家伙一样
不问前因不计后果

读《西游》
女儿国里那一群美人
哪一个都配得上我
可除了国王之外

不见哪一个满眼秋波
而国王看中的只有御弟哥哥

读《红楼》
人人心仪黛玉
可她那般专情
那般柔弱
那般才华横溢
那般多愁善感
仅凭葬花这件雅事
足以让我自惭
何况还有个宝玉小哥
想想也就算了
暗恋也就罢了

不如找把钥匙
打开黄金屋的门锁

2019.8.4 初稿
2020.5.5 定稿

夜 读

深夜里读书

往往会把书中那个
最令你讨厌的人物惹怒

他，也许会自己跳出来
跳到你的对面
拔剑张弩

你要自编一些情节把他弄回来
弄回纸上
牢牢印住

2019.8.5 *初稿*
2020.5.6 *定稿*

套马杆

草原哪
兄弟呀

草原上策马挥杆的蒙古族兄弟
你为什么从我身边打马而去

套住我吧
套回我吧

如果你的草不够用了
一曲长调就能把我喂饱

2019.8.5 初稿
2020.5.6 定稿

藏得真好

站在老家的山头

我看到
少年的我
正在山下的村庄里
玩着捉迷藏的游戏

藏得真好哇

直到现在
还没被人捉住

2019.8.5 初稿
2020.5.6 定稿

你信不信

你信不信

挥拳打不倒
伸手握得到

我就是这样一个人

2019.8.6 初稿
2020.6.10 定稿

错 过

我还缺一个朋友
两个敌人

缺一个
从不当面赞美我的朋友

少两个
分别举着明枪
藏着暗箭的敌人

也许我以前所做的一切
都是为了
错过他们

2019.8.6 初稿
2020.6.10 定稿

开 颅

一个人
拎着锯子闯进我的屋子

这个人
不由分说
锯开了我的脑袋

剧痛中
我看到
他从我的脑袋里
抽出好几个人
有的熟识
有的陌生

他又把我的脑袋缝合了

临走时说了一句
这个老家伙
脑子里钻进了那么多虫子
却浑然不觉

2019.8.7 初稿
2020.6.10 定稿

他 说

他说
天冷了
不得不把自己披在身上御寒

那么
谁能把他从寒风中脱下来
焐一焐
暖一暖

虽然到了这个季节
也不会每个人都是冬天

2019.12.7 初稿
2020.6.10 定稿

夕 阳

太阳落山之前
阳光非常柔和
也散射着无助与留恋

没有什么比之更暖
比之更软
真想展开双臂
把她搂进怀间

太阳落山之前
阳光非常柔和
也散射着无助与留恋
就像妈妈看我那最后一眼

2019.8.8 初稿
2020.6.10 定稿

顶天立地

你说他顶天立地

是呀
不屈的头
挺进了天堂
跋涉的脚
依然没有走出地狱

2019.8.10 初稿
2020.6.10 定稿

远　方

那只小鸟
把树叶上那粒露珠
衔起来
飞向远方

那团晨光
在小河的水面上
翻滚着
流向远方

这是一个美妙的早晨

那个梦
在临走的时候
扔给我两张车票
一张回故乡
一张去远方

2019.8.11 初稿
2020.6.10 定稿

老鼠教子记

老鼠对它的孩子们说

从今往后
猫，已经不是我们的主要天敌
它们的工作重点已经向邀宠主人转移
何况
它们吃惯的猫粮中主要成分是鱼
我们的美好味道
已不为它们痴迷
或者已被它们忘记

鼠药虽然仍是重要威胁
但根据大数据分析
即便误食了
也有八成生机

我们的防范重点
主要是爱管闲事的狗
我们的注意事项
就是在准备不足的情况下
不要向猫主动出击
我们的工作重心

依然是
努力使狗相信
与它争宠的猫
正在唆使主人开办狗肉馆
并且也要参与投资

2019.8.12 初稿
2020.6.15 定稿

寻人启事

大街上
贴了许多同样的
寻人启事

我好奇地前去观看
没想到
寻找的竟然是我

说我失踪多年
请亲朋好友和单位领导
帮助寻找

更没想到的是
寻人者
竟是朝夕相处的妻子

2019.8.12 初稿
2020.6.15 定稿

酒

有人说酒能治病
也有人说酒能致病

家乡一句话
酒是粮食精
越喝越年轻
把酒喝进肚里
有人满面红光
有人一脸铁青

家乡另有一句话
酒是害人水
喝了准后悔
把酒倒进心里
有人恣意纵情
有人肠子悔青

酒是液态的火
酒是烫人的冰

酒，让清醒的人更清醒
不清醒的人

更迷蒙

今日举杯
把苦闷咽下后
想到这酿酒的高粱
可能出自家乡
并且价格正在节节攀升
便喝出了
从未有过的高兴

量就是量
不在于多几两
少几盅
甚至不在于喝与不喝
只在于有无此兴
没有酒
哪有打虎武松
他哥哥
烟酒不沾
还不是行也炊饼
止也炊饼
没有酒

青梅煮白水

何以论英雄

没有酒

摧眉折腰事权贵

冤也不语

屈也无声

天子呼来不上船

李白是醉还是醒

酒哇，酒

管它害人水

管它粮食精

人生无醉何谈醒

2019.8.12 初稿
2020.6.15 定稿

一个月夜

一个月夜
我看到一对老年男女
相拥而泣

除了感动
绝不敢
说三道四

2019.8.12 初稿
2020.6.15 定稿

人形山

那是一座人形山
我们小时候
把那山叫作老头儿山

一个老头儿
仰卧在那里
天庭饱满
地阁方圆
常常有白云
为他擦擦脸
我们还说过太阳是他的烟袋锅
这样说的时候
随手折一根树枝
就成了送给他的烟袋杆
随地抓一把树叶
就成了送给他的老旱烟
好一个祥和的老头儿哇
像爷爷
又不像爷爷那样齁喽气喘

还是那座人形山
如今却不叫老头儿山了

也许不是因为迷信
人们也会创造神仙

2019.8.12 初稿
2020.6.15 定稿

那条河

那条河
为什么把一条鱼
扔到了岸上

那棵树
为什么还没有
爬到山腰

那个人的腿上
缠绕着
太多的路
不知他
还能不能迈得开步

2019.8.13 初稿
2020.6.20 定稿

快乐老家

朋友送给我一幅画
画的是
我几十年前的老家

他仅仅听过我的描述
画出来的老院子
竟与当年
丝毫不差

连那丛刺玫都画出来了
记得我并没有告诉他
院子里栽了这种花

那串串黄杏画出了甜味
我还记得那只小猫名叫花花

炊烟袅袅升起来了
年轻的妈妈
一定在家

他说他画的是自己老家

2019.8.13 初稿
2020.6.20 定稿

一米阳光

一米阳光
也不给我

你还要从我那一袭不得已的夜衣上
剪掉秋的纽扣

那么
你就等待我的愤怒吧

黑暗
已经握成了拳头

2019.8.13 初稿
2020.6.20 定稿

金 子

他漫不经心地告诉我
在这条河里
已经淘出了上万两金子

我问他
为什么还要把未淘的河沙
直接拉到建筑工地
与水泥搅拌到一起
白白塞进墙里

他说
想淘，哪里都有金子
不淘，那就是一车车沙子

2019.8.15 初稿
2020.6.20 定稿

一只鸟

是什么样的喜悦
让它沉醉其中
沉醉中
忘记了挥动翅膀

一只鸟
从空中
跌
了
下
来

被我接住的时候
依然
沉醉模样

2019.8.16 初稿
2020.6.20 定稿

努力的样子

你努力的样子好可怜

采那朵够不到的花
摘那颗够不到的果
爬那株搂不住的树
爱那个不爱你的人

答那道无解的题
走那条荆棘的路
敲那扇闩紧的门
找那个匿踪的人

你努力的样子好可爱呀

让我为你擦去
委屈的泪

2019.8.17 初稿
2020.6.20 定稿

为什么一次又一次让我受伤

我有充分的理由原谅自己

迫不得已了
才把自己狠狠打上一顿
打出鼻血
打出眼泪
打断腿骨再接上
打掉面具再戴上
打到疼痛难忍
打到低头认罪

打之前就委屈了
打过之后
又生恨了

为什么一次又一次让我受伤

2019.8.13 初稿
2020.8.25 定稿

青 春

当青春开花的时候
蝴蝶也会采蜜
甚至蜗牛也会奔跑

当青春开花的时候
鱼儿不一定游在水里
任何翅膀
都可以借来一用

当青春开花的时候
没有一朵会是丑的
而含苞的那一蕾
最有可能喊动季节的脚步

当青春开花的时候
不会有谁关切
有谁计较
青春的根子
是不是依然被冻土缠着

2019.8.14 初稿
2020.8.25 定稿

阴雨天

说是阴雨天上坟
亡人
不敢出门接纳祭品

妈妈，那您就在屋子里
避风避雨吧

能不能
透过窗子
透过门缝
看看我们

2019.8.14 初稿
2020.8.25 定稿

秋 阳

阳光
阳光

你看那田野上
厚厚的阳光

该有多么温柔
多么温暖哪

来呀
来呀
金秋之上
或坐或躺

在冬天即将到来的时候
我们一起议一议
把什么晒干
把什么鲜藏

2019.8.15 初稿
2020.9.29 定稿

青蒿素

青蒿
本是一种不起眼的草
却萃取出了
治疟疾的药

世界不再打摆子发高烧

我知道
还有许多治不了的病

我相信
比病更多的
是治病的草

草很多
屠呦呦太少

2019.8.15 初稿
2020.9.29 定稿

梦里梦外

一条鱼，划着船
下水打鱼

一只虎，端着枪
上山打虎

一只鸡，挥着刀
猴前杀鸡

那棵苹果树上
怎会
挂满葡萄

我，一会儿梦外
一会儿梦里

2019.8.16 初稿
2020.9.29 定稿

锻　刀

你说
你要把时间锻成一把刀

却没说
要用这刀做什么

割断爱
还是斩掉恨

因为，你只有这两个敌人

2019.8.17 初稿
2020.9.29 定稿

遗落的时间

那根表针
一圈一圈一遍一遍地扫着表盘
扫走了
所有的时间

能不能跳过几个刻度格

让我把遗落的时间捡来
看一看
到底是金子
是垃圾
还是什么东西

有没有可能
正是
行将错失的美女

2019.8.17 初稿
2020.9.29 定稿

大把时间

你手握一大把时间
为什么还说自己贫寒

你不妨将那一大把时间摊开
从中把你需要的东西分拣
你可以拣出学识
你可以拣出金钱
如果爱情无处置放
你可以拣出美女
如果烦恼在向你进攻
你可以拣出斩杀烦恼的利剑
拣到沮丧你就把它扔掉
欢乐就摆在它的旁边
拣到残缺你可以放归原处
回回手就能拣到美满
拣到失误
给它机会去慢慢改变
你甚至可以拣出
擦泪的手帕
拣出医治后悔的妙药灵丹

如果你用一大把时间同我做交换

除了妻儿
随你任意挑选

2019.8.18 *初稿*
2020.10.20 *定稿*

为什么

谁说时间是公正的

为什么
遇到痛苦
它就变慢
一拖再拖不肯从中走出来
遇到快乐
它就变快
步履匆匆
迅速把快乐甩开

2019.8.18 初稿
2020.10.20 定稿

那条狼

那条狼
张开嘴巴
从自己的尾部吃起

吃到心脏的时候
才隐隐觉出快感

终于，吃尽了自己的躯体

唯一剩下的
是那张馋涎横流的嘴巴

2020.10.20

仰望天空

仰望天空

我透过那片蔚蓝
看到了黑
也看到了金碧辉煌

黑色的是地狱吧
我的目光
穿越了一道黑色的墙
墙里
关着许多丑恶
仔细找一找
我竟从那里看到了许多熟悉的身影
有的已经离开人间
有的还在我身边这个世界上
有一个竟然是多年前的我
当时那副嘴脸
真的令人讨厌
令自己羞愧难当

金碧辉煌的是天堂吧
天堂中

我没看到大帝玉皇

无忧无虑的人们在欢歌笑语中

种地的种地

办厂的办厂

经商的经商

与人间没什么两样

稍有不同的是

那里的人们个个透明

透明中

见不到一丝一缕肮脏

我依然在那里看到了自己

妻子儿子

一左一右依傍在我的身旁

我们一起

俯瞰大地

幸福吉祥

仰望天空

我看到了自己的地狱

也看到了自己的天堂

2019.8.19 初稿
2020.10.20 定稿

那　是

那是
把自己走丢了
遇到
一个老乡

那是
把自己喝醉了
不知哪来的
清爽

那是
磕破头皮后
抬眼望到
魔鬼坐在佛龛上

那是
两颗相向而行的星星
急切中
发生了硬碰撞

那是
挑着故乡赶路的远方

正在把来路回望

那是
飞呀飞呀
飞掉了翅膀
插上一双理想

那是
太阳出来哟
暖洋洋

2019.8.19 初稿
2020.10.20 定稿

古战场

古时候
有一场战争
是这样结束的

血泊中
爬起最后两个儿童
他们把各自拾起的
亡父的利剑
深深扎进
对方的胸口

2020.10.20

麻雀（三）

那只小麻雀
偶然从家传的一本书中看到
麻雀
是四害之一

它不再叽叽喳喳唱了
默默无言地
蜷缩在檐下的窝里
羞愧难当

妈妈衔着谷子飞回来了
妈妈说，庄稼人
为我们留下了许多冬粮

妈妈告诉小麻雀
都是过去的事了
那时的人们
恨不得把谷秸吃光

2019.8.20 初稿
2020.10.20 定稿

黑 夜

黑夜，匍匐窗外

就像饿虎
看到猎物
随时都会向我扑来

与其说对峙
不如说等待

我似乎看到了自己的失败

2019.8.21 初稿
2020.10.20 定稿

朦胧之中

朦胧之中
接听一个电话
说是妈妈旧病复发
让我快想办法

焦急中彻底醒来

不管是谁的妈妈
我一定想方设法帮她

2019.8.22 初稿
2020.10.20 定稿

梦中杀到朝歌

梦中杀到朝歌

一把冲锋枪
灭了腐败的殷商

妲己还算识相
看也没看一眼死掉的纣王
一头扎进
我的怀里

谁能告诉我
要不要
抱回这条美女

2019.8.23 初稿
2020.10.20 定稿

反复一个梦，直到醒来

遇到一个肩扛糖葫芦把子的人

我问他
你这糖葫芦串儿上都有什么果

他说
山楂
大枣
还有月亮
太阳
地球

我问他
这月亮
太阳
地球
你也穿得透
也能同山楂大枣穿在一起

他说
你觉得它大
它就大

你觉得它小

它就小

你想把它扛起来

你就能够把它弄通

2020.10.22

老 猴

一只老猴
为一群松鼠演讲

他说
水中捞月是一个真实故事
并且就发生在自己身上

为了感激救命之恩
嫦娥做了自己的偏房
吴刚再三哀求
成了猴府门岗
只有兔子太不识相
居然还想回到天上
一气之下
炖了喝汤

一只松鼠举手发问
为什么月亮还在天上

老猴吹了吹麦克
大声回应
那是我用白纸剪的

我每天都要剪一个月亮

还要每天跳进夜空

把它贴在天上

2019.8.25 初稿

2020.10.25 定稿

雪

这是撒向田野的种子

也许长出草
也许长出树苗
长出蒲公英
鸽子花
或者蒺藜

每一粒雪
都是那么不同

这是撒向田野的种子
也许长出高粱
也许长出玉米
长出韭菜
青葱
或者罂粟

那就看你
想要一个什么样的秋天

2019.8.26 初稿
2020.10.25 定稿

蒙古马

我的身体里
有一匹马

一匹从草原而来的
蒙古马

它的前肢
伸进了我的双臂

它的后肢
伸进了我的双腿

它同我一道
在生命的征程上
始终以人的姿态与风骨站着

我同它一道
在生命的征程上
始终以马的速度与耐力奔跑

它跟我学会了吃苦
我跟它学会了吃草

2019.8.27 初稿
2020.10.25 定稿

一幅中国画

一头大牛
一头小牛

大牛低头吃草
小牛抬头吃奶

草很稀
奶很足

妈妈就是这个样子

无论是牛
无论是人
儿子都是永远吃不饱的儿子

2019.8.28 初稿
2020.10.25 定稿

你　说

你说为我倒满了水

端起来
竟是一只空杯

难道
有什么奥妙
值得品味

你说为我选好了路

看过去
竟然是蒺藜成片
乱石成堆

难道
你说给我的前途
就是知难而退

2019.8.29 初稿
2020.10.25 定稿

抓起一座山

抓起一座山
倒过来
抖

抖落了
十条狼
百只兔
还有一百筐蘑菇

他竟然忘了
老坟也在这座山上
也没想到
落进浊水河中的那几具骸骨
正是自己的先祖

2020.10.25

壮 行

那只盛满壮烈的粗碗
被你庄严地捧起来
又被你
狠狠地摔碎

有许多凯旋
正是有去无回

2019.8.30 初稿
2020.10.25 定稿

钉 子

是你把我
钉下

我怎么能够自拔

我只是一颗
你想钉在哪里就钉在哪里的钉子
我的深入
缘自
你的击打
你的重压

2019.9.1 初稿
2020.10.25 定稿

丢了什么

我到底丢了什么

只知道
把什么丢了
却一时弄不清
究竟丢了什么

脱下鞋子才知道
我的双脚
不知什么时候
走丢了

2019.9.2 初稿
2020.10.25 定稿

一瓶凌河

刚刚，透过千年
我看见了狂饮的李白

一瓶黄河
几口喝光
他又拿出了
一瓶长江

与他对饮的唐朝
已经醉得
东摇西晃
酒量超强的月亮
也跌进了池塘

他会不会拿出凌河呢
无论安禄山带去的
史思明带去的
还是李光弼的窖藏
那烈度
都不会低于黄河
都不会低于长江

如果李白真能拿出一瓶凌河来

我也要穿越千年

前去品尝

品一品我那远古的液态的故乡

2019.9.3 初稿
2020.10.25 定稿

白 马

白马没有草吃了
我让它啃我的树

吃光了树
它还吃啥

抬起刀子一样的目光
盯着我做什么呀
可怜的白马
可怕的白马

2019.5.21 初稿
2020.10.25 定稿

其　实

其实我们已经衰老

每一次聚会
都只有一个同样的结果
无非是把那句你还年轻
说过一百遍后
当成真话
自己把自己醉掉

2019.9.5 初稿
2020.10.30 定稿

宽 容

他是可以宽容的
只想到了成功
没想到失败

你是不能宽容的
不仅想到了失败
而且想好了失败的借口

2019.9.6 初稿
2020.10.30 定稿

岳 墓

这里就是岳墓

秦桧
王氏
张俊
万俟卨
反剪双手
面墓而跪

青山有幸
白铁无辜

这就是岳墓
这就是忠与奸的归宿

一样的永远
不一样的千古

2019.9.7 初稿

2020.10.30 定稿

捉 鬼

是必然
也是偶然

我的错误
使你欣然

是偶然
更是必然

你的阴火
把我点燃

捉心中之鬼
钟馗也难

2020.10.30

成吉思汗

成吉思汗
也曾到过多瑙河畔

我问当地人
他为什么到了这里之后
打马回头

那个人说
也许是蒙古马水土不服
也许是
想起了草原上一条河流

2019.9.9 初稿
2020.11.5 定稿

向 前

用阳光
拧一条鞭子

催打停下来的自己
向前
向前

2019.9.10 初稿
2020.11.5 定稿

祭　母

今天，是妈妈的忌日
我和弟弟妹妹
送去了许多祭品
许多冥币

多想看到妈妈从那里面走出来呀
吃几个饺子
品几样水果
把钱收好后
同我们说说那边的事情
比如姥姥姥爷在做什么
奶奶的辛劳是不是依然吵不过爷爷的懒惰
老村主任在那边任没任职
光棍根生娶没娶上老婆
咱家那一麻袋棉花
到底是谁偷的
那边一定有人目睹
是不是好人住在天堂
坏人囚在地狱

我们几个从小就胆小
直到如今依然怕鬼

但我们谁也不会惧怕妈妈
即便真的是青面獠牙
我们也会前去把她拥抱
如果可能
还要把她接回家里

今天是妈妈的忌日
我和弟弟妹妹泪眼相望中
再一次痛彻地确认
我们真的成了没妈的孩子

2019.12.3 农历十一月初八初稿

2020.11.5 定稿

长　调

高原高
平原平
忽高忽低是丘陵

如马嘶
似牛鸣
草尖掠长风

羊奶香
驼乳浓
倏然一过是雄鹰

你在西
我在东
长调起处
有弟兄

2019.9.11 初稿
2020.11.5 定稿

这双眼睛

不知怎样清一清
这两座仓

大半生看到的
都收在这里

除了以梦的形态
泪的形态
以及笑（真笑以及假笑）的形态
出仓少许之外
仓里还有大量囤积
我也弄不清
到底都是些什么东西

不知以何种形式
清一清这两座仓
有什么东西值得留下
有什么东西必须丢弃

唯一确定的是
当年那个初恋情人
不该留在仓里

2019.9.12 初稿
2020.11.15 定稿

假　如

假如南极融化
海平面
到底能够抬升多少

假如把毗邻的锦州市淹没
朝阳岂不成了沿海城市
我也可出门便洗海澡
可表哥一家怎么办哪
难道再去看他
只能潜入海底寻找

2019.9.13 初稿
2020.11.15 定稿

老 屋

土炕上
那个小木桌还在吗

木桌上
那摞烧纸料子还在吗

烧纸料子上
那篇小作文还在吗

作文上
那个煤油灯照亮的童年还在吗

那把门锁已然锈住
我何必拿出
五十年前的钥匙

2019.9.14 初稿
2020.11.15 定稿

无助的感觉

跌倒了
自己把自己
扶起

摔伤了
自己把自己
包扎

喊也喊不来拐杖

那么
就拄着自己的脊梁走吧

一样的远方
不一样的远方

2019.9.15 初稿
2020.11.15 定稿

乡 土

这还是乡土吗
拌进了蓝的白的化肥
喷上了水样雾样农药
所有的杂草
都被甲草胺乙草胺一一除掉

这还是乡土哇
抓一把放在耳边
依稀能够听到爷爷吼牛的声调
抓一把摊在掌中
依然能够看出
那粒锈铁来自爸爸的镰刀

我还看到了自己
他正在泥头鬼脸地
在那长长的田埂上奔跑

不要问我
还有多少乡土可以重温
只要想了
在自己的呼吸中
就能闻到乡土的味道

只要爱着

在自己的梦里

就能侍弄乡土上的秧苗

2019.9.20 初稿

2020.11.15 定稿

一个更加高大的人

一个更加高大的人
住在我的身体里

他迫于我的限制
不得不全方位收缩自己

每当人们看到我
或全身
或局部
有所膨胀的时候
正是他企图突破我的禁闭

不敢让他出来呀

我无时无刻不在告诫
要他把脊梁弯一弯
手腿屈一屈
尤其是
该说的想说的话再长
也不能长过我的舌头

我想把自己的姿态放得更矮更低

不知他

能不能承受这样的委屈

2019.9.22 初稿

2020.11.15 定稿

邻居家的鸡

邻居家那只母鸡
时常在我家的草屋里产蛋

妈妈，每一次都会把鸡蛋捡起来
及时送还

那只母鸡抢吃我家鸡食
她却不管

妈妈说
鸡是谁家的鸡
蛋就是谁家的蛋

赶上饭口了
怎好往外撵

2021.1.7

闪出一条路来

只差几步
就被后来者追上了
而你的脚步
却越来越沉

只需几步
就追上你了
而那些人
却集体放慢速度
继续步你后尘

老了吗

不需确认
只需承认

闪出一条路来
就是你的前进方向
就是你在继续前进

2021.1.9

截 句

一

捡来的钥匙
打不开自己的门

二

怕什么冬天

冰搭的屋子
一样可以御寒

三

真理是赤裸的
他的外衣
被谬误偷去了

四

如果你觉得脚下的道路太窄了
你就该找寻通往心灵的入口

五

她流出的本是甜蜜的泪

却被你擦得
满脸苦涩

六

即便你举得起高山
也举不起自己

七

荷叶上那一颗颗水珠
不正是阳光中滚来滚去的江南吗

八

你的孤独
就是和我坐在一起

九

爱是爱的理由
恨是恨的借口

十

你一定倍加小心

那把皱纹
已经绊倒了许多人

十一

妈妈走后
爸爸常常这样问我
人老了
怎么连梦也不会做了

十二

在那团黑云中
挣脱出来一群白鸽

看上去惊慌失措
却个个不失本色

十三

有一朵花
开在草丛里

你看到了也不要说出
它有多么美丽

十四

我该送给你什么呢
我的爱人

不然你就得一场病吧
看我能不能做药

十五

你说敬我酒
为什么自己不举杯

你说自己没酒量
为什么到处去说我的醉

十六

那头大象
经过深刻反思
终于决定
主动拔下自己的牙齿

十七

那只小羊啊

快跟上羊群吧

找不到妈妈的时候
这便是唯一选择

十八

你不要问我
何时向远方出发

只要有你相伴
停在这里也是抵达

十九

当你紧紧拥抱我的时候
世界不见了

当你轻轻推开我的时候
世界回来了

二十

你把什么丢了
路也能丢吗

你捡到了什么
捡那么多脚印何用

2021.1.18